聖女の口唇

◆◆◆

橘 真児
Shinji Tachibana

紅 beni 紅文庫

目次

装幀　内田美由紀

聖女の口唇

第一章　兄貴をモルモット

1

女三人寄れば姦《かしま》しいというのは、「姦」という漢字に寄せただけのこじつけではないか。現に、この場には四人の女性が、しかも二十歳前後の若い面々が揃っているのに、決して騒がしいなんてことはない。

たぶん、きっと。

（そう言えば、男を三つ使った漢字もあるのよね）

先日の国文学の講義で、教授が脱線的に紹介したのを、小寺春華《こでらはるか》はふと思い出した。

それは国字としてあるらしく、「たばかる」と読むのだとか。たしかに、男が三人も寄り集まっていれば、悪事を企《たくら》みそうである。

さらに、女を男二つで挟んだ「嬲」という漢字も教えてもらった。これは

「なぶる」で、逆に男を女二つで挟むと、「たわむれる」と読むらしい。

前者は物騒だし、後者はいやらしい印象だ。男と女を使った漢字にも、あまりいいものがないようだ。

（やっぱり、女だけのほうが平和だわ）

目の前の三人のお姉様たちを眺めて、春華は実感した。みんな優しそうだし、楽しくやっていけそうだ。

「それじゃ、あらためて乾杯しましょうか」

早くも呂律《ろれつ》が怪しくなっているふうな相良今日子《さがらきょうこ》が、最年長らしくこの場を取り仕切る。

四人は配られたばかりのグラスを手にした。各々が好みのサワーを頼んだので、すべて色が異なる。まさにカラフルと評すべき眺めだ。

それは飲み物ばかりでなく、彼女たち自身についても言えたであろう。四人の女子大生は、まさに四者四様。個性的なメンバーが集まっている。

「では、春華ちゃんの追田《おいだ》ゼミ加入をお祝いして、かんぱーい」

今日子の音頭で全員が声を揃え、テーブルの中心でグラスを合わせる。カチャカチャと賑《にぎ》やかな響きが、女子会に相応《ふさわ》しい音色を奏《かな》でた。

ここは東京都の西部、都内でも環境のいい文教地区である。大学も多く、この居酒屋もお客の半分以上は学生であった。

春華は私立の聖王城《せいおうじょう》女子大学、文学部国文学科の二年生だ。この度ゼミの配属が決まって、歓迎会を開いてもらったのである。

もっとも、これは二次会。夕方から大学の学食の一角を借り、指導教官も加えた五人で、ささやかな会を開いたのだ。

指導教官の追田准教授《じゅんきょうじゅ》は、近現代の日本文学が専門である。四十代半ばの彼は、ぱっと見が神経質で気難しそうなものだから、女子学生たちには敬遠されがちであるらしい。

けれど、春華はそんなふうなマイナスな印象は持たなかった。彼の演習を一年生のときに受講したのであるが、様々なものの見方を受け入れる、むしろ寛容な人柄だと感じた。

そのため、迷うことなく追田ゼミを第一希望にした。

しかしながら、春華のような学生は、やはり稀少《きしょう》だったらしい。同じ学年で追田ゼミを希望した者は、他にいなかった。三年生もふたり、四年生もひとりだけで、計四名のこぢんまりとしたゼミである。

大勢でわいわい騒ぐことを好まない春華には、むしろちょうどよかった。学生が少ないぶん、卒論の指導も丁寧《ていねい》にしてもらえるであろう。

(これから頑張らなくっちゃ)

できれば、追田准教授ですら目を剥《む》くような、斬新《ざんしん》な論文をモノにしたい。

卒業まで二年半以上もあるのに、春華は今から張り切っていた。

「だけど、春華ちゃんが入ってくれてよかったわ」

しみじみと言ったのは、三年生の谷元《たにもと》ユリナである。

名前はカタカナだが、純粋な日本人だ。彼女の両親は、娘が将来は海外でも活躍できるようにと、あえて漢字を使わず親しみやすい表記にしたのだという。

我が子の海外展開を視野に入れるだけあり、谷元家はかなり裕福なお宅であるらしい。実際、ユリナはいかにもお嬢様っぽい、おっとり系の女子だ。

今の装いも、上品な白のワンピース。緩くウェーブした黒髪が、肩にふわっと掛かっている。穏やかでひと好きのする面差しといい、見た目もお嬢様そのものだった。

「え、よかったって？」

怪訝《けげん》そうに訊《たず》ねたのは、同じく三年生の桃瀬郁美《ももせいくみ》。ユリナと同学年でも、早生まれだからまだ二十歳である。

中学、高校と水泳部だったという彼女は、根っからの体育会系であるようだ。ボーイッシュなショートカットで、本格的な夏はまだ先なのに、顔がすでに浅黒く焼けている。

もう水泳は引退したと聞いた。だが、からだを動かすことが好きで、ジョギングや筋トレなどが日課になっているそうだ。

とは言え、それ以外は今どきの女子大生である。べつにジャージを着ているわけではない。カジュアルなトップスに、ボトムはソフトタイプのジーンズだ。

そんな郁美が、どうして文学部の国文学科に入ったのか。体育会系ゆえ、本などあまり読んだことがなかったというのに。

彼女は、大学の附属中学、附属高校を経ての、エスカレーター進学であった。

聖王城女子大学は総合大学だ。学部は文学部の他に経済学部、教育学部、理数学部がある。

そのどれかを選ぶことになったとき、郁美はかなり迷ったそうだ。経済や理数科はちんぷんかんぷんだし、教育学部は柄《がら》ではない。

あとは文学部しかなかったため、仕方なくここを選択したとのことだった。国文学科にしたのも、一番取っつきやすそうという理由かららしい。

そういう消去法によって入学したために、今になって苦労している。と、学食で開催された一次会で本人から教えられた。

ちなみに郁美は、あとで友人に指摘されたという。教育学部に進学して、中学の体育教師になればよかったんじゃないのと。

そのことに気がつかなかった己の間抜けさにあきれ返ったと、彼女は自虐的に笑い飛ばした。

附属の中高からこの大学に入ったのはユリナと、それから四年生の今日子も同じだ。附属も女子校で、三人は思春期から現在に至るまで、女の園で日々を送ってきたことになる。

春華は出身地である北関東の、ごく普通の公立高校を卒業した。上京し、聖王城に入学したのである。

女子大だけあって、附属出身でなくても女子校から来た学生が多い。春華はここでは少数派に属していた。それこそ、ゼミ内においても。

だからと言って、差別されることはない。ただ、共学校にいたために誤解というか、こうだろうと決めつけられる場面は多々あった。

ともあれ、

「だって、春華ちゃんが追田ゼミの後継者になってくれるわけじゃない」

ユリナの言葉に、郁美が「なるほど」とうなずく。しかし、春華には少々荷が重かった。

「後継者なんて大袈裟《おおげさ》ですよ」

困惑を隠せずに告げると、ユリナが穏やかな微笑を浮かべた。

「ごめんね。べつに責任を負わせるつもりはないの。ただ、正直なところ人気がないゼミだから、ひょっとしたら新しい子が来てくれないんじゃないかって心配してたのよ。わたしたちの代で終わりになっても困るし」

「そうそう。後輩がいないと、やっぱり寂しいじゃない」

郁美が相槌《あいづち》を打つ。単純に新しい仲間ができて嬉しいのだろう。

「先輩たちは、どうして追田ゼミに入ったんですか？」

春華が質問すると、ユリナが得意げに胸を張る。

「わたしは追田先生の講義を受けて、文学に対する深い洞察力に感銘したからなの。この先生から指導されたいって、一年生のときから決めてたわ」

「あ、わたしもです。去年、追田先生の演習を受講して、すごくいろんな見方をされる方なんだなって感じて、ここに決めたんです」

先輩のお嬢様も同じ理由なのだとわかって、春華は嬉しくなった。すると、郁美が感心した面持ちを見せる。

「へえ、ふたりともすごいんだね。あたしなんか、ただ競争倍率が低いゼミってことで選んだだけなのに。ほら、希望者が多いと抽選になるじゃない。そういうのが面倒くさいから」

体育会系だけあって、何でもさっさと決めたい性分《しょうぶん》らしい。文学部を選んだときの失敗は、まったく生かされなかったようだ。

「そのせいで、論文のテーマに困ってるのよね」

ユリナにからかわれ、郁美は大袈裟なため息をついた。

「今、一所懸命本を読んでるのよ。慣れてないから、一冊終わるのにすごく時間がかかっちゃうんだ」

かなり苦労している様子である。けれど、少人数だから丁寧な指導を受けられるであろうし、追田ゼミに入ったのはかえってよかったのではないか。

「うん。追田先生は視野が広くて、たしかにいい先生だよ」

いつの間にか、グラスを半分近くも明けていた今日子が、何度もうなずく。一次会でもビールをかなり飲んでいたし、お酒が好きなのだろう。

彼女はただひとりの四年生だ。ここでは最年長というばかりでなく、見た目もかなり大人っぽい。

それこそ、女子大生というよりは社会人か。いや、色気を売りにする仕事に従事しているのではないかと思わせる、あやしい雰囲気すらあった。からだにぴったりしたミニ丈のワンピースをまとっているせいもあったろう。

酔った今はいっそう艶《つや》っぽい。春華など、見つめられるだけでドキドキしてしまう。同性愛の嗜好《しこう》などないはずなのに。

「そうですよね。視野が広くなくちゃ、今日子さんのレポートにA判定なんてつけないですから」

ユリナが思わせぶりにうなずいたものだから、春華はきょとんとなった。

「え、レポート？」

「今日子さんが一年生のときに、国文学演習で書いた伝説のレポートがあるの。それを発表したとき、追田先生は大絶賛だったんだけど、他の学生たちは何も言えずに引いてたんだって」

追田准教授が目を瞠《みは》るような論文を書きたいと考えていた春華には、聞き流せないエピソードであった。

「それって、どんなレポートだったんですか？」

身を乗り出すようにして訊ねると、ユリナが困ったふうに苦笑いを浮かべる。

自分では説明できないのか、助けを求めるように色っぽい先輩を見た。

すると、今日子が気怠《けだる》げな口調で説明する。

「芥川《あくたがわ》龍《りゅう》之介《のすけ》の『鼻』に関する考察ね。あれは龍之介の、短小コンプレックスと巨根願望から書かれたものだって論じたのよ」

読書好きで、いろいろな本を読み漁《あさ》ってきた春華である。短小や巨根といった男性器に関わる単語の意味も知っていた。

「ちょっと、今日子先輩――」

こんな場所で、大っぴらに口にしていい話題ではない。焦りまくる春華とは対照的に、今日子もユリナも表情ひとつ変えていなかった。

そんな中、郁美だけがきょとんとしていた。くだんのレポートを知らないのか。それとも、発言された内容が理解できなかったのか。

「わたしも読ませてもらったんだけど、とても刺激的な内容だったわ。今日子さんは作品中に使われた単語を緻密《ちみつ》に分析して、龍之介がそこに込めた意味を暴《あば》いたの。あの短編の中に、男性器に関する比喩を百箇所近くも見つけたのよ」

ユリナが解説する。それが本当の発見なら確かにすごいが、ただのこじつけの恐れもありそうだ。今日子のレポートを読んでいない春華には、どちらとも判断ができなかった。

「龍之介の『鼻』は、今昔物語の『池尾禅珍内供鼻語《いけのをのぜんちないくのはなのこと》』をもとにしているんだけど、主人公の名前の字を「珍」から「智」に変えたのも、『チン』という性的なニュアンスを排除して、本来の意図を見破られないようにするためだったって、今日子さんは書いていたわ」

ああ、やっぱりこじつけだと、春華はあきれ返った。それでも、先輩を面と向かって批判することはできず、なるほどという顔でうなずく。

（追田先生が絶賛したのなら、前例のない、大傑作のレポートだったのかもしれないけど……）

傑作かどうかはともかく、前例がないのは間違いあるまい。芥川龍之介も草《くさ》葉《ば》の陰《かげ》で、謂《い》われのない決めつけをされて怒り狂っているのではないか。

「実は、あれって全然ネタが思い浮かばなくて、苦し紛れに書いたやつだったのよ。たまたま子供向けの龍之介選書を見たら禅智内供のイラストがあって、あ、この顔ってチンコに似てるかもって思ったのがきっかけだったの」

またも公衆の面前で、今日子が露骨な発言をする。まあ、苦し紛れで百個近くもこじつけを見つけ出すのは、ある意味才能と言えそうだが。

「チンコ……ああ、そういうことか」

ようやく納得したというふうに、郁美がうなずく。

「短小って、チンコの話だったのね」

では、何だと思っていたのか。

(今日子先輩って、印象どおりのひとだったのね)

性的な内容を大学のレポートに書くぐらいだ。見た目の色っぽさそのままに、男性経験も豊富なのだろう。

「郁美、そんなはしたないことを言っちゃダメよ」

自分が話題を振っておきながら、ユリナがたしなめる。おまけに、

「今日子さん、卒論のテーマも、春華ちゃんに教えてあげたらどうですか」

と、含み笑いで促したのである。

「べつにいいけど。童貞文学としての宮沢賢治《みやざわけんじ》ってテーマなんだけどね」

今日子がさらりと、とんでもないことを口にする。

「どうて――」

反射的に反復しかけて、春華は絶句した
「わたし、賢治のファンタジー要素って、童貞の夢って感じがするのよね。そ

れにほら、『永訣の朝』でもわかるけど、彼ってシスコンじゃない。かなり歪《ゆが》んでいたからこそ、ああいう独特な世界観が描けたんじゃないかと思うの」

このひとはそのうち、文学の神様の怒りに触れ、雷に打たれるのではないか。

唖然《あぜん》とするばかりの春華の耳に、さらに驚くべき会話が飛び込んできた。

「だけど、本当に書けるんですか？　今日子さん、男のひとのことなんて、何も知らないんですよね？」

「追田先生は、だからこそ面白いものが書けるはずだって言ってくれたんだけど。まあ、持て余してるのは確かかもね」

「だったら、他のテーマにすればよかったのに」

「んー、なんとなく、そういうのを期待されてる気がしたのよ。まあ、どうにかなるんじゃない？」

ユリナと今日子のやりとりに、春華は軽く混乱した。

（え、男のことを知らないって？）

その言葉の意味するところを理解するなり、我知らず素《す》っ頓狂《とんきょう》な声をあげてしまう。

「そ、それじゃ、今日子先輩ってバージンなんですか⁉」

「ちょ、ちょっと」

未経験を指摘され、色っぽい先輩がうろたえる。

「春華ちゃん、声が大きいわよ」

ユリナが注意し、春華は「あ――」と口を両手で塞《ふさ》いだ。

幸いにも、満席に近い店内は賑わっており、他のお客に聞かれた様子はなかった。ただひとり、隣のテーブルにいた同世代らしき女の子が、訝《いぶか》る流し目を向けていたけれど。

だからと言って、このまま聞き流せるような事柄ではない。

「ほ、ホントに今日子先輩は……」

「ええ、処女よ」

本人ではなく、ユリナが答える。今日子はわずかに眉をひそめたものの、特に恥じ入った様子はなかった。

(まさか……ウソでしょ?)

春華はとても信じられなかった。

年齢も二十二歳。こんなに色気たっぷりで、酸いも甘いも知り尽くした雰囲気の先輩が、未《いま》だにセックスをしたことがないなんて。

「でも、どうしてなんですか？」

「え、どうしてって？」

今日子がきょとんとした顔を見せる。

「だって……今日子先輩はとってもお綺麗だし、色っぽいから、男が放っておかないと思うんですけど」

「まあ、ありがと」

あまり感情のこもっていない礼を述べてから、彼女はあきらめた面持ちで肩をすくめた。

「だって、しょうがないじゃない。中学からずっとここの女子校で、男の子と知り合う機会なんてなかったんだから」

ひと里離れて、俗世間から隔絶された全寮制の学校ならいざ知らず、いちおう都内なのだ。学校から一歩出れば自由なのであり、快速に乗れば三〇分とかからず都心へも出られる。女子校出身だからというのは、今どき理由にならないと思うのだが。

ただ、男たちのほうが美貌《びぼう》と色気に恐れをなし、おいそれと声をかけられなかった可能性はある。たとえ本人に、拒《こば》むつもりはなくても。

それでも、彼女のほうからアプローチができなかったのは事実らしい。

(てことは、今日子先輩って、見た目とは裏腹に純情なのかも)

なのに、レポートや卒論で性的なテーマを取り上げるなんて。もしかしたら、まだ処女だというコンプレックスの裏返しなのか。

(だったら、宮沢賢治が童貞だからああいう作品を書いたって論も、うまくまとめられるのかも)

もっとも、『銀河鉄道の夜』や『風の又三郎』に感銘を受けた立場としては、そんな切り口で論じられたくないというのが正直なところだ。『永訣の朝』も、シスコンのひと言で切り捨てられたくない。

「ちなみに、わたしと郁美も処女よ」

特に酔ったふうには見えないものの、ユリナが訊かれもしないことを暴露する。彼女はいかにもお嬢様だし、郁美も運動ばかりで男には目もくれなかったのであろうから、意外ではなかった。

「あ、そうなんですか」

とりあえず相槌を打ったものの、

「だから、追田ゼミで経験があるのは、春華ちゃんだけなの」

この決めつけには、うろたえずにいられなかった。

「ど、どうしてそんなこと——」

「え、違うの？」

ユリナばかりか、他のふたりからも意外だという顔をされ、春華は焦り気味にかぶりを振った。

「わ、わたしも先輩たちと同じで——何も知りません……」

消え入りそうな声で答えると、郁美がまだ信じられないというふうに身を乗り出した。

「共学校出身なのに、したことないの？」

このひとたちには、女子校出身は処女、共学校出身は非処女という、統計的な根拠でもあるのだろうか。

「はい……男子とも、そんなにしゃべらなかったんです」

名前こそ春華でも、少しも華やいでいなかった地味な高校生活を打ち明けると、今度はユリナが質問する。

「でも、春華ちゃんは可愛いし、それこそ男子が放っておかないと思うけど」

褒《ほ》めてもらえたのは嬉しかったが、男女交際では外見よりも、性格や行動が重要になるのだ。

「わたしは本ばかり読んでたし、それから漫画も好きだったので、オタクっぽいって敬遠されていたみたいです」

加えて、春華自身が内向的な性格で、異性と気安く交流が持てなかったためもあったろう。髪型や身なりにも気を遣《つか》わない、暗いだけの少女だったため、男子のほうから話しかけられることもなかった。

上京してからは、都会の生活に馴染《なじ》んだためか垢抜《あかぬ》けて、見た目はだいぶマシになったと思う。少なくとも、先輩女子からお世辞でも可愛いと言ってもらえるぐらいには。

ただ、未だに家族以外の男性は苦手であった。そこは大人になっても変わらないとわかっていたからこそ、大学生活では余計な緊張をしなくてもいいように、女子大を選んだのだ。

「ふうん、そうだったの」

半分納得という顔をしたユリナが、穏やかな微笑を浮かべる。

「じゃあ、みんないっしょってことなのね。かえってよかったかもしれないわ」

何がよかったのかさっぱりわからない。しかし、郁美も今日子も「そうね」とうなずきあったものだから、春華は疑問を口に出せなかった。

「それじゃあ、全員バージンであることを祝して、乾杯しましょうか」

今日子が言い、三年生のふたりも賛成する。春華は戸惑いつつも、先輩たちとグラスをぶつけ合った。

2

一次会は夕方の五時スタートで、六時半には終了。そのあとで居酒屋に移動し、店を出たのは午後九時前であった。明日は休日ということもあり、若い学生たちにはまだ宵《よい》の口《くち》である。

「もうちょっと飲みたいわね」

今日子の希望に、他の三人も賛同した。だが、別の店に行くのではなく、誰かの部屋でまったり飲むのがいいという話になる。

「でしたら、ウチへどうぞ。ここから近いんです」

春華は自分の住まいを提供することを申し出た。

「え、いいの？」

ユリナが気遣う面持ちを見せる。新しく入った後輩に甘えるのを、躊躇《ちゅうちょ》している様子だ。

「はい、全然かまいません。建物は古いですけど、まあまあ広いので」

「広いって、何部屋あるの？」

質問したのは郁美だ。

「2ＬＤＫです。リビングダイニングは八畳ありますから」

「え、そんな広い部屋に、ひとりで住んでるの？」

今日子が驚きをあらわにする。

「いえ、兄といっしょなんです。年子《としご》で、わたしよりも一年早くこっちの大学に入ったんですけど、同じところに住んだほうが家賃とか食費とか、実家からの仕送りも負担が減るから、ふたりで住めるところを見つけたんです」

「お兄さんって、どこの大学？」

「H大学です。わたしと違って理系で、理学部の物理学科です」

「すごい。頭がいいのね」

国立の一流大学ということで、先輩たちが目を丸くする。だが、比べられるのが嫌で、春華は我知らず顔をしかめた。

「そんなことないですよ。それに、けっこう口うるさいですし」

「え、口うるさいって？」

「ちょっとでも帰りが遅くなると、何をやってたんだって根掘り葉掘り訊《き》いてくるんです。今日だって、ゼミの歓迎会だって言ったのに全然信用しないで、何回も本当かって確認したんですから」

日頃の鬱憤《うっぷん》もあって、つい兄への不満を述べてしまう。すると、ユリナが

「まあまあ」と執《と》り成《な》した。

「それだけ可愛い妹が心配なのよ」

「そんなことはないと思いますけど。だいたい、わたしはもう子供じゃないんですから」

「でも、春華ちゃんはまだ十九歳じゃない。二十歳の誕生日は来月でしょ」

お嬢様の先輩が、細かな指摘をする。事実その通りで、春華は居酒屋でも、ノンアルコールのサワーを飲んでいたのだ。

「年齢がどうとかじゃなくて、自分の行動に責任を持てるって意味ですよ。そもそも兄貴の場合は、わたしを心配してっていうんじゃなくて、昔っから仕切りたがりだったんです」

春華が頰《ほお》をふくらませたのもおかまいなく、今日子が興味津々《きょうみしんしん》というふうに訊ねる。

「ねえねえ、春華ちゃんのお兄さんって彼女いるの？」

「え？　ああ……いないと思いますけど」

「本当に？」

「はい。本人も彼女がいるなんて言わないですし、そんな様子はこれまで一度もありませんでしたから」

「そうなの？」

「いかにも理系って感じでダサくて、まかり間違ってもモテるタイプじゃないんです。もしも彼女がいるのなら、わたしにもそんなにうるさく干渉しないと思いますから」

これに、今日子がなるほどという顔でうなずく。

「てことは、童貞なのね」

先輩のつぶやきを、春華は聞かなかったことにした。兄をそういう性的な目で見ることに抵抗があったのだ。

「だけど、お兄さんがいるのなら、あたしたちが行ったら迷惑なんじゃない？」

郁美が首をかしげる。

「いいえ、だいじょうぶです。兄も今日は、サークルの飲み会があるって言ってましたから」

「え、じゃあいないの？」

今日子があからさまに落胆する。いったい何を期待しているのかと、春華はあきれた。

「まあ、あとで帰ってくるかもしれませんけど。それに、先輩たちがいっしょにいてくれたら、兄も本当に歓迎会だったって納得してくれるはずです。遠慮しないで来てください」

かくして四人の女子大生は、コンビニで飲み物やおつまみを買い込み、新入ゼミ生の住まいに向かった。

住宅街のはずれに建つそのマンションは、外壁こそ塗り替えられて古さを感じないものの、すでに築三十年が経過している。単身用の部屋は学生の入居も多く、家賃は比較的安かった。

「セキュリティもちゃんとしてるんだね」

玄関の自動ドアを開けるため、春華が暗証番号を入力したのを見て、郁美が感心したふうにうなずいた。

「はい。そういうところじゃないと心配だからって、兄がここを選んだんです。

あと、わたしの大学になるべく近いところを」

「なるほど。すべてにおいて妹ファーストってわけか」

「お兄さん、春華ちゃんが可愛くて仕方ないのね」

ユリナに言われ、春華はかぶりを振った。

「だから、単にわたしをコントロールしたいだけなんですよ」

マンションは六階建てで、小寺兄妹の部屋は五階である。エレベータを降り、一番奥まで進んだ角部屋であった。

「どうぞ、お入りください」

「お邪魔しまーす」

玄関を入って左手側にトイレと浴室があり、短い廊下を挟んだ右手側が、リビングダイニングキッチンだ。リビングダイニング部分は八畳の洋間で、キッチンとはカウンターで仕切られていた。

建ってから年月を経ているぶん、床板には傷や細かなへこみが見られる。それでも、壁紙が新しくなっているので、外観と同じく古さは感じなかった。

ふたりだけだし、食事はカウンターを使うため、ダイニングテーブルは不要である。リビング部分にも、場所を取るからとソファは置いておらず、楕円形の低いテーブルがあるのみだ。テレビ以外には、目立つ家具や電化製品もない。そのため初めて来た者には、いっそう広々として映ったようだ。

「わあ、本当に広いんだね」

郁美が感嘆の声をあげ、羨《うらや》ましそうにため息をついた。

「あたしの部屋もこれだけのスペースがあれば、自宅でトレーニングができるのになあ」

トレーニングといっても大袈裟なものではなく、簡単なストレッチや筋力アップの運動なのだろう。彼女の部屋は六畳とのことだから、ベッドや収納家具やらが置いてあれば、それすらも難しいのではないか。

「こちらへどうぞ」

春華はテーブルの周りに、大きめのクッションを四つ並べた。普段はそれでくつろいだり、寝転がったりしているのだ。

「それじゃ、春華ちゃん入会記念の三次会を始めようか」

今日子が言い、コンビニ袋のものがテーブルの上に並べられる。

「あ、グラスを持ってきますね」

春華が立とうとすると、

「ああ、いらないわよ」

「缶のままでいいじゃない」

先輩たちが引き留める。そしてユリナが、

「はい。春華ちゃんはこれね」

アルコール分の少ないサワーの缶を後輩に手渡した。

「え、でも、お酒は――」

いちおう未成年なのであり、春華は断ろうとしたのである。ところが、

「お店だとまずいけど、家の中なら平気でしょ」

と、お嬢様には似つかわしくない、企むような笑みを浮かべた。

「そうそう。実はこっそり飲んでるんじゃないの？」

郁美も、すべてお見通しというふうに目を細める。

事実、実家に帰省したときには、春華は父親の晩酌《ばんしゃく》の相手をつとめることも

あったのだ。地元が飲酒に寛容な、田舎町ゆえに。

兄もお酒に関しては、それほどうるさく言わない。この部屋でもたまに、ビールやサワーなどを口にしていた。

「まあ、ちょっとぐらいは」

渋々認めると、今日子が愉快そうに「ようし、飲も飲も」と声をかける。そのくせ、彼女は春華が飲むつもりだった、ダイエットコーラを手にした。飲み過ぎたから、少し覚ますつもりなのかもしれない。

本日三度目の乾杯が行われ、女同士の気が置けない、賑やかな会話が再開される。角部屋で防音もしっかりしているから、この程度で隣室から苦情が入る心配はなかった。

唯一素面《しらふ》だった春華も、アルコールが入って饒舌《じょうぜつ》になる。先輩たちに問われるまま、高校時代のことなどを話した。

「じゃあ、本当に、男の子と付き合ったことはないのね」

今日子に確認され、「そうです」と即答する。

「付き合うどころか、まともに話したことですら、片手に満たないと思いますけど」

「ふうん。だけど、不思議よね」

ユリナが首をかしげる。

「何がですか？」

「お兄さんがいるのなら、異性にそこまで身構えることはなさそうな気がするんだけど」

「きょうだいと他人は違いますよ。兄貴なんて、物心がついたときからそばにいたわけで、空気と変わらないんですから」

「そんなものなのかしら」

「ウチは弟がいるけど、まだ小さいから異性だって意識することはないわね」

郁美が唐突に言い、缶ビールで喉を潤した。

「郁美の弟って、四年生？」

「五年生よ。まあ、チビだから、いつも下の学年に見られちゃうけど」

「それじゃあ異性とは言えないわね」

「丸っきりコドモだもの。そのぶん可愛いけどね」

「十歳も離れてるんだものね」

　三年生同士のやりとりを、今日子はコーラをちびちび飲みながら聞いていた。

そして、何かを思いついたのか、話に割って入る。

「ねえねえ、郁美ちゃんって水泳をやってたんでしょ」

「あ、はい」

「部活のときは女子ばっかりだったんだろうけど、大会で男の子といっしょになることはなかったの？」

「もちろんありましたよ」

「その子たちとは、仲良くならなかったの？」

「なりませんよ、あんな連中」

元水泳部女子が、忌《い》ま忌《い》ましげに顔をしかめる。

「え、どうして？」

「水泳をやってる男なんて、自分のカラダを見せびらかしたいナルシストばかりですから。あと、女子の水着をエロい目で見て、股間をモッコリさせるやつもいたし。あんなやつら、相手にする価値なんてないですよ」

それはかなり偏見の混じった意見に聞こえた。たまたま彼女の周囲に、そういう不躾《ぶしつけ》な輩が多かっただけなのではないか。

でなければ、女子校に慣れきった郁美が、色眼鏡で彼らを見ていたとか。とは言え、春華のように、内気だから男子たちと接することができなかったわけではないらしい。

そして、同じく女子校育ちの今日子は、男への関心が強いようだ。

「ふうん。もったいないことをしたのね」

先輩の言葉に、郁美は怪訝な面持ちを見せた。

「え、もったいないって？」

「その子たちを利用して、男を学べばよかったのに」

冗談とも本気ともつかぬ発言に、郁美は眉をひそめただけであった。

「ていうか、男の勉強をしたいのは、今日子さんじゃないんですか？」

ユリナが含み笑いで訊ねる。

「そりゃそうよ」

今日子はあっさりと認めた。それから、ふうとため息をつく。

「正直、卒論をまとめる自信がなくってね」

「あら、珍しく弱気なんですね」

「やっぱり、男のことをちゃんと知ってないと、童貞の思考やものの見方なんてわからないじゃない」

ちゃんと知ってないというのは、セックスの体験を意味しているのだろう。けれど、いくら男と肉体の交わりを持ったところで、童貞の心理なんてわからないのではないか。

(相手が経験者なら、そもそも童貞の心理が学び取れるはずないし、相手が初めてだったら、童貞じゃなくなっちゃうわけだし)

単純に心理が知りたいのなら、未経験の男の子にインタビューでもすればいいのではないか。春華は思ったものの、先輩に向かってそんなおこがましい発言はできなかった。

「だけど、処女も童貞も未経験ってことではいっしょなんだから、そんなに悩むことはないような気もするんですけど」

郁美の意見に、今日子は首を横に振った。

「たぶんなんだけど、男と女では、セックス経験に対する価値観が違うと思うのよ。男のほうが、より切実っていうか」

「そうなんですか？」

「だって、処女は貴重で、価値がある存在として見なされることがあるけど、童貞なんてみっともなくて、滑稽なだけじゃない。だから男の子たちって、早く体験したがるし、童貞にコンプレックスがあるんじゃないの？」

「ああ、たしかに」

「そりゃ、女子の中にも、いつまでも処女でいるなんて恥ずかしいって思う子がいるわ。ただ、わたしたちも処女だけど、男子ほど焦りはないでしょ。たぶん、その気になれば相手はすぐに見つかるからだと思うのよ」

「そうですか？」

「だって、処女とやりたがる男はいくらでもいるじゃない。そりゃ、ある程度は見た目が重要だろうけど、男なんて精液を出せればそれでいいみたいなところもあるし、誘えば何とかなるわ。だけど、童貞男のほうは、やらせてくれる女の子を探したって、なかなか見つからないわけよ。よっぽど都合のいいヤリマンでもいれば別だけど」

得意げに自説を披露する今日子に、後輩たちはなるほどという顔でうなずきつつ、眉をひそめた。酔っているためなのか、言葉のチョイスに品がなかったからである。

(ていうか、今日子さんって、童貞の心理にかなり詳しいみたいだけど)

春華は胸の内でツッコミを入れた。

「とにかくはっきりしているのは、男はヤリたい生き物だってことよ」

「そこまでわかるのなら、卒論も問題ない気がしますけど」

ユリナも同じように感じたらしく、疑問を口にする。

「ただ、わたしが言ってるのは一般論っていうか、あくまでも本で読んだり、誰かに聞いた範囲のことでしかないわけよ。だから自分の考えは間違っていない、こうだって確信できるものがほしいの」

論文を書くために、自身が納得できる拠《よ》り所《どころ》が必要だと考えているようだ。けっこう真面目《まじめ》なんだなと、春華は感心した。

もっとも、そのために男を知りたいというのは、いかがなものかと思わないではなかったけれど。

「つまり、セックスを経験したいってことなんですよね」

郁美がストレートに問いかける。これに、今日子は「うーん」と首をひねった。

「それもまた迷うところなのよねえ」

安易に男を求めることにも、ためらいがあるようだ。自分を大事にしたいからなのか、それとも破瓜《はか》への恐怖心からなのか、春華には見抜けなかった。

「ところで、春華ちゃんのお兄さんって、アッチの処理はどうしてるの？」

今日子が唐突に妙な質問をしたものだから、春華は面喰らった。

「処理って、何の処理ですか？」

問い返すと、彼女は意外だというふうに目を丸くした。

「わからない？　ほら、男のひとって定期的に出さないと精子が溜まって、我慢ができなくなるっていうじゃない」

そこまで言われて、ようやく射精のことだとわかった。そして、恋人がいないのだから、セルフサービスで満足を得るしかないことも。

「それは——わ、わからないです」

「だって、彼女がいないのなら、自分でするしかないわけでしょ。見たことないの？」

「あるわけないじゃないですか！」

「じゃあ、ゴミ箱の中身を捨てるときに、ティッシュとか入ってなかった？あれ、ニオイでけっこうわかるらしいけど」

「そういうのは、兄貴が自分で捨ててますから」

「なるほど。妹にオナニーしてるのを悟られないためなのね」

絶対にしているものと、今日子は決めつけているようだ。

春華とて、処女なりに牡《おす》の欲望は理解しているつもりだった。ただ、兄がそういうことをしているなんて、頭では当たり前のことだと納得できても、考えたくなかったのだ。

そもそも、どんなふうにするのかも、よく知らない。

「ていうか、春華ちゃんは気づかれてない？」

今度はユリナが訊ねる。

「え、何をですか？」

「オナニーをするときの声、お兄さんが聞いてるんじゃない？」

頬がカッと熱くなる。春華は落ち着きをなくし、目を泳がせた。

「わ、わたし、そんなことしてないです」

そこまでうろたえれば、否定したところで認めたも同然だ。先輩たちが意味ありげに頬を緩ませているのを見て、春華は見抜かれたのだと悟った。

事実、週に二、三度は、秘められたところをまさぐっていたのである。

「まあ、いいから。ただ、女の子は気持ちよくなると、自然と声が出ちゃうじゃない。自分では抑えているつもりでも、気をつけないと隣の部屋にまで聞こえることがあるのよ」

ユリナの言葉には、実感がこもっていた。ということは、自慰の喘《あえ》ぎ声を誰かに聞かれたことがあるのだろうか。

だとすると、彼女もオナニーをしていることになる。いかにもお嬢様っぽいのに。

（わたしの声……だいじょうぶよね）

つい考え込んでしまった春華である。

するのはだいたい就寝前で、隣の部屋の兄が眠ったあとか、入浴中なのを狙ってするようにしていた。声を聞かれたり、雰囲気で悟られたりしないようにと、それだけ気を配っていたのである。

もっとも、兄の部屋はリビングから続く和室だが、春華の洋間は廊下を挟んだ向かい側である。ふたりの部屋のあいだはクローゼットと押し入れで、壁一枚で遮《さえぎ》られているわけではない。そのため、生活音はほとんど聞こえなかった。慎重に行動していたから問題ないと結論づけたところで、今日子に訊かれたことが今さら気になった。

(兄貴もオナニーをしてるのかしら……)

自分がしていても、兄はどうなのかなんて考えもしなかった。やはり身内を性的な目で見ることに抵抗があるのだ。

だとすれば、兄のほうも同じなのではないか。妹が夜な夜な何をしているのかなんて、想像すらしないのだろう。

きっとそうに違いないと安堵《あんど》したところで、玄関のほうから物音がした。

「あれ、誰か来たんじゃない？」

郁美が気がついて、そちらを振り返る。

「ああ、兄貴が帰ってきたんだと思います」

春華が答えたのとほぼ同時に、リビングのドアが開く。

「あ――」

戸口で驚きをあらわに立ち尽くしたのは、間違いなく兄の隼人《はやと》であった。

「お帰り。あの、わたしの兄です」

紹介すると、先輩三人が「お邪魔してまーす」と声を揃える。

「こちらは、わたしが所属することになったゼミの先輩方。四年生の相良今日子さんと、三年生の谷元ユリナさん、桃瀬郁美さん」

順番に紹介すると、隼人は緊張した面持ちを見せた。

「あ、どうも。春華の兄の、小寺隼人です。妹がお世話になっております」

しゃちほこばって挨拶をした彼に、先輩たちも頭を下げる。こちらは余裕たっぷりに、笑顔を見せていた。

「ほら、ちゃんとゼミの歓迎会だったでしょ」

さんざん疑われた春華が厭味《いやみ》っぽく告げても、隼人は「ああ、うん」と言葉少なであった。頬がやけに赤い。

「だけど、兄貴は遅くなるんじゃなかったの？」

「ああ……飲まされて酔ったから、早めに帰ってきたんだ」

「ふうん」

「じゃあ、おれはもう寝るから」

「え、シャワーは？」

「明日の朝でいいよ」

彼は女性陣たちと、あまり目を合わせようとしなかった。躓《つまず》きそうな足取りでリビングを通り、隣の部屋に入って引き戸を閉める。酔っぱらったから、早く休みたいのだろう。

「ふうん、あれがウワサのお兄さんか」

今日子が品定めをするみたいにうなずく。

「何ですか、ウワサって」

兄を話題にされるのは気恥ずかしく、春華はふくれっ面をしてみせた。ところが、ユリナも関心を抱いたらしい。

「お兄さん、隼人さんっていうのね。けっこうかっこいいじゃない」

身内ですらそんなふうに思ったことはなく、唖然とする。

「どこがですか？　べつに普通ですよ。ていうか、男としてはかなりダサいほうだと思いますけど」

否定しても、聞く耳を持つ者はいなかった。

「そうよ、春華ちゃんのお兄さんなんだもの。かっこいいのは当然かも」

郁美も友人の発言に乗っかる。自分が褒められたのは悪い気がしなかったものの、兄が格好いいなんて認めるのには抵抗があった。

「それって、先輩たちが普段、男のひとと接する機会がないからですよ。珍しいから、いいものに映っちゃうんです」

春華の見解を無視するように、今日子が「ねえねえ」と割って入る。

「隼人さん、顔がすごく赤かったよね」

「それは、飲まされて酔ったからですよ」

「本当かしら？　わたしたちの顔を見てから、急に赤くなったようにも見えたんだけど」

「そんなことはないと思いますけど。シャワーも浴びないで部屋に入りましたから、かなり眠かったんじゃないですか」

「酔っぱらったら、いつもそうなの？」

「そうですね。蒲団《ふとん》に入ったら朝までぐっすりで、呼んでもなかなか起きてこないんです」

これに、今日子の目があやしくきらめく。

「それじゃあ、もう寝ちゃったってこと？」

「はい。バタンキューだと思います」

「ということは、何をしてもわからないのね」

その言葉で察したのか、

「なるほど、絶好のチャンスですね」

ユリナも企むような笑みを浮かべ、今日子とうなずきあった。

「え、なになに」

身を乗り出した郁美に、ユリナが耳打ちする。

「ああ、なるほど。いいかもね」

互いに見つめ合う先輩たちに、春華は不吉な予感を拭《ぬぐ》い去れなかった。

3

眠っている隼人を裸にして、男のからだを勉強しようという提案に、当然ながら春華は反対した。

「それって、兄貴をモルモットにするってことですよね」

憤慨《ふんがい》を隠さずに告げても、今日子は悪びれなかった。

「モルモットなんて人聞きが悪いわね。要は実験台よ」

同じことだと、春華はあきれた。とにかくやめましょうと反対しても、

「そっか、お兄さんがわたしたちにさわられるのが嫌なのね」

ユリナが意味ありげにうなずく始末。これに、郁美までもが「あー、なるほど」と大袈裟に同意した。

「お兄さんもシスコンだけど、春華ちゃんもブラコンなのね」

そんなことまで言われて、黙って聞き流せるはずがない。

「わ、わたし、ブラコンなんかじゃないですよ。兄貴がどうなろうが、わたしには関係ないんですから」

焦り気味に主張するなり、先輩たちが我が意を得たりというふうに笑みを浮かべた。

「じゃあ、裸にしても問題ないわね」

ユリナの言葉に、春華は罠《わな》にかかったことを悟った。

女子大生四人が立ちあがり、隣の部屋へ向かう。春華は仕方なく先導し、引き戸に手をかけた。

(本当に、兄貴を脱がすつもりなのかしら)

この時点では、正直なところ確信はなかった。この中の誰ひとりとして男を知らないのだし、そこまでの度胸はないだろう。いざその場面になったら、臆するに違いない。

そう確信したから、引き戸をそろそろと開けたのである。

むわ——。

熱気に似た男くささが、室内から洩《も》れ出す。普段、兄の部屋に入ることなんてほとんどないから、やけに濃厚に感じられた。

(兄貴って、こんなニオイだったっけ……)

そばにいるときに嗅《か》ぐ体臭より、酸味が強い気がする。ここに住んで一年以上経つのであり、壁や畳に染みついたものが熟成されたのか。

それこそ、オナニーで放出した体液の匂いなんかも。

「隼人さん、寝てる?」

「シッ、静かに」

「春華ちゃん、どう?」

先輩たちの小声のやりとりを受けて、春華は部屋の中に身をすべり込ませた。

天井の常夜灯《じようやとう》が照らす和室は、大きな本棚とパイプハンガーの他に、坐《すわ》り机があった。机の周りにも本が積まれ、普段から勉強ばかりしているような、面白みのない部屋だ。

六畳間の中央に寝床が敷かれ、盛りあがった薄手の掛け布団が、かすかに上下している。規則正しい寝息も聞こえた。

(よく眠ってるみたい)

兄はアルコールが入ると、特に眠りが深くなる。おそらく、ちょっとやそっとでは目を覚ますまい。

「だいじょうぶです」

振り返って告げると、今日子たちが足音を忍ばせて入ってくる。さっきまではしゃいだ面持ちだったのに、今はさすがに緊張しているようだ。

四人は蒲団を囲んで膝をついた。春華と郁美が隼人の右側、今日子とユリナが左側に。

「それで、どうするの？」

訊ねたのは郁美だ。視線は向かいのユリナに注がれている。

「どうするって……」

ここに来て怖じ気《おけ》づいたのか、お嬢様が隣の先輩に救いの眼差しを向けた。言い出しっぺでもあり、今日子は他人任せにするわけにはいかなかったのだろう。考え込むように天井を仰《あお》いでから、自らに言い聞かせるみたいに「そうね」とうなずいた。

「いきなり掛け布団を剥《は》ぐわけにもいかないし、下からそろそろとめくればいいんじゃないかしら」

この提案に、ユリナと郁美も賛成する。

「ああ、そうですね」

「じゃあ、さっそく――」

郁美が足元側から、掛け布団を丸めるようにしてめくった。

隼人が着ていた服は、枕元に散らばっていた。慌ただしく脱いで、蒲団にもぐり込んだようである。パジャマなど着ることもなく。

そのため、牡のナマ脚が、平仮名の「り」の形で現れる。肌が白く、薄暗いこともあって体毛がほとんど目立たない。

「もうちょっとめくって」

今日子が焦れったげに手を貸して、掛け布団がさらにめくられる。程なく、白いブリーフがあらわになった。

隠れていたところが外気に触れ、饐《す》えた匂いが色濃くなったようだ。鼻を蠢《うごめ》かせる女子大生たちの視線は、躊躇なく男の股間に向けられた。わずかに隆起して見えるところに。

「いかにも童貞っぽいパンツね」

女性経験がないものと決めつけているのか、今日子が辛辣《しんらつ》な批評をする。

「これ、勃起《ぼっき》してないよね？」

郁美の質問に、ユリナが「たぶん」と答える。性に関する情報は、昨今では
かなり露骨なものも溢《あふ》れているが、経験がないから断定できないのだろう。

「郁美ちゃんは、水泳の大会で男子のモッコリを見たことがあるんでしょ？」

今日子の問いかけに、体育会系の娘は「んー」と眉をひそめた。

「競泳用の水着は小さいし、ぴっちりと密着してたから、チンコのかたちがち
ゃんとわかったんですよね。これはそこまでじゃないですし」

「でも、勃起していたら、もっとそこが盛りあがってるんじゃない？」

「たぶんそうだと思います」

「だけど、ペニスの大きさにもよるんじゃないですか？」

ユリナが冷静に推察する。もっとも、どれだけ大きくなるのかは、知らない
のだろう。

兄の恥ずかしいところが先輩たちに品定《しなさだ》めされる状況に、春華は複雑な思いを噛み締めた。いつも口うるさいばかりで、鬱陶《うっとう》しさすら感じていたのに、可哀想《かわいそう》になってきたのだ。

（やっぱり反対すればよかった）

今さら後悔しても遅い。

「あ、そうか。勃起したら硬くなるから、さわればわかりますよね」

そう言うなり、郁美がブリーフの中心に手を被《かぶ》せたものだから、他の三人は度肝を抜かれた。

水着越しとは言え、牡の隆起を目にしたことが何度もあったから、抵抗がなかったのか。それとも、好奇心に抗《あらが》えなかったのか。

どちらにせよ、彼女はためらうことなく、指をモミモミと動かした。

「うん。硬くないから勃起してないね」

無邪気な報告の直後、隼人の下肢がピクンとわなないた。

「あ、あれ？」

郁美が戸惑った声を洩《も》らす。

「どうしたの？」

ユリナが問いかけた。

「なんか、どんどん大きくなるみたい」

「え、本当に？」

「郁美ちゃんがさわったから、勃起してるの？」

全員が彼女の手元に注目する。なるほど、たしかにそこは、内側から形状を変化させているようだ。

「ということは、郁美にさわられて、気持ちよくなってるってことなのかしら？」

お嬢様が独りごちるように言う。

「だけど、眠っているんだよ」

快感を与えているなんて意識はまったくないようで、郁美は掴《つか》んだ隆起をしごくようにした。

「むぅ」

かすかな呻《うめ》き声が聞こえ、一同がドキッとする。息を殺して様子を窺《うかが》ったものの、隼人が起きる気配はなかった。

「やっぱり感じてるんじゃない？」

今日子が掠《かす》れ声で問いかけ、他の三人は首肯《しゅこう》した。眠っている男子に悪戯《いたずら》をするという淫靡《いんび》な状況に、いつしかのめり込んでいたようだ。

「大きくなったペニスって、どんな感じ？」

ユリナが大胆な質問をする。

「んー、硬くって、すりこぎみたい」

郁美の喩《たと》えは、かなり即物的であった。

「ねえ、よく眠っているし、パンツを脱がしても起きないんじゃない？」

今日子が焦《じ》れったげに声をかける。勃起した男性器を見たいのだ。その思いは、他の三人にも共通していた。

もっとも、春華はいくらかためらっていた。

（いいのかしら、そんなもの見ちゃって……）

年子の兄と妹であり、小学生までは一緒に入浴していた。白いアスパラの穂先みたいな、まだ子供のオチンチンなら何度も目にした。

こうして大人になった今、その部分は生殖器として発達しているはず。子供のころの、オシッコを出すだけのところとは違うのだ。

これがまったくの他人であったなら、おそらく春華は好奇心のままに、目を輝かせたであろう。アルコールで気分も高まっていたから。

ところが、実の兄の性器ゆえ背徳感が先に立ち、躊躇せずにいられなかった。抵抗はあっても、見たい気持ちのほうが強い。目をつぶるとか顔を背《そむ》けるといった選択肢は、春華になかった。

「じゃあ、脱がせるね」

高まりから手をはずした郁美が、ブリーフのゴムに両手をかける。中で反《そ》り返《かえ》るものを避けるためか前側を持ちあげ、めくるように引き下ろした。

「あ――」

思わず声を洩らしたのは、春華だけではなかった。頭部を赤く腫《は》らした肉色の槍《やり》が現れ、八つの瞳がそこに向けられる。

(すごい……これが勃起したオチンチンなの?)

くすんだ肌に血管を浮かせた、凶悪な眺め。子供のころのモノとは、かたちも色も違っていた。少しも可愛くなくて生々しいし、そこだけ独立した別の生き物みたいだ。

なのに、こんなにも胸がドキドキするのはなぜだろう。恐怖ではなく、春華はもっと甘い感情に支配されていた。

同時に、罪悪感も強まる。兄のエレクトした性器なんて見ちゃいけないのだ。そう思っても、視線が釘付けにされたみたいだった。

「隼人さんのも、こんなになっちゃうのね」

今日子のつぶやきに、ユリナが「え？」と反応する。

「隼人さんのもって、今日子さん、他の男性のを見たことがあるんですか？」

「え？　あ、ううん。ネットで見ただけよ」

「ああ」

なるほどという顔をしたから、ユリナもその手のアダルトサイトを閲覧した経験がありそうだ。

「でも、ギンギンだね」

郁美が品のない形容で牡の漲《みなぎ》りを評する。握ろうとしてか手をのばしかけたものの、やはり直は抵抗があるらしい。すぐに引っ込めた。

「春華ちゃんは、お兄さんのペニスを前にも見たことがあるんでしょ？」

ユリナの質問に、春華はハッとして顔をあげた。禍々《まがまが》しい肉器官に、目も心も奪われていたのだ。

「そんなの、子供のころですよ。毛も生えてなかったですし、こんなに大きくありませんでした」

「そりゃ、今は勃起しているわけだから、大きいのは当然よ。普通の状態なら、昔も今もそんなに変わらないんじゃない？」

「さあ、そこまではわかりませんけど……」

「だったら、小さくすればいいわけね」

そう言ったのは郁美だ。これに、今日子とユリナはなるほどとうなずいたが、春華はきょとんとなった。

「え、どうすれば小さくなるんですか？」

問いかけた直後に、頬がカッと熱くなる。そういうことかと、ワンテンポ遅れて理解したのだ。

「で、でも、それは――」

うろたえる後輩に、先輩女子たちが愛おしげに目を細めた。

「そうよ。射精させれば、オチンチンは萎《な》えて小さくなるでしょ」

今日子が諭《さと》すように言い、春華は居たたまれなさを募《つの》らせた。勃起したペニスを見ただけでも罪悪感を覚えたのに、絶頂場面まで目撃してしまったら、この先、兄と顔を合わせられなくなりそうだ。

しかしながら、今さら反対することはもちろん、この場から去ることもできそうにない。後輩だから従わなくちゃいけないというより、好奇心に勝てなかったのである。

「さわっただけで勃起したんだから、手でオチンチンをシコシコすれば、精液も出るよね」

大胆なことを口にして、郁美がさっそくというふうに手をのばす。実行力はここにいるメンバーの中で、彼女が一番のようだ。

筋張った筒肉に、しなやかな指が巻きつく。

ビクン――。

牡腰がわななき、尻がわずかに浮きあがった。

「感じてるみたいね」

今日子が目を輝かせ、手筒からはみ出した亀頭に見入る。ツヤツヤと赤く輝くそこは、先端の魚の口みたいな穴に、透明な雫《しずく》を光らせていた。尿であれば、すぐに滴《したた》るはずである。けれど、その液体は丸く溜《た》まり、表面張力の限界までそこにとどまった。おそらく粘り気があるのだろう。よって、オシッコではない。

(これって、ガマン汁?)

雑誌で得た知識を思い出す。女性のアソコが濡れるのと一緒で、男のひとも昂奮すると、ヌルヌルする液体が出るという。

そのとき、春華は気がついた。パンティの裏地が、秘部に張りついていることに。

(ヤダ……濡れてる)

その部分がじっとり湿っているのが、触れなくてもわかる。つまり、昂奮しているということなのか。

実の兄の恥ずかしい部分を目にして、劣情《れつじょう》を覚えるなんて。近親相姦的な願望など、これっぽっちもなかったはずなのに。

いや、兄に欲情しているわけではないのだ。あくまでも、初めて目の当たりにする男性器に惹《ひ》かれただけなのである。

春華は隼人の顔を、まったく見ていなかった。掛け布団の陰になっていたこともあって、そちらを一瞥《いちべつ》すらしなかった。

それは先輩たちも同様であった。下半身のイチモツのみが、興味の対象だったからである。

「ちょっとベタベタしてる」

屹立《きつりつ》を手にした郁美がつぶやく。シャワーを浴びずに床へ入ったから、汗をかいた股間がそのままだったのだ。

大胆なようでいて神経質なのか、彼女は指をほどいた。それを鼻先にかざし、眉をひそめる。

「ヘンな匂い。イカくさいっていうか、海産物のおつまみに似てるかも」

率直な感想を口にして、春華に訊ねる。

「ねえ、ウエットティッシュってある？」

「あ、持ってきます」

春華は自分の部屋へ行き、筒状のケースを手に和室へ戻った。湿った紙を抜き取って、郁美に渡す。

「どうぞ」

「ありがと」

彼女は自身の指を拭うと、いきり立つペニスも清めた。

「え、だいじょうぶ？」

ユリナが不安げに訊ねる。そんなことをしたら、隼人が目を覚ますのではないかと心配したようだ。

彼は刺激される分身を雄々《おお》しく脈打たせたけれど、規則正しい寝息がやむことはなかった。これなら本当に、朝までぐっすりであろう。

赤く腫れた頭部の裾部分、段差になったところも丁寧に拭うと、郁美は改めて牡器官を握った。

「わ、さっきよりも硬くなったみたい」

目を丸くし、手を上下に動かす。隼人の寝息が乱れ、呼吸がせわしなくはずむのがわかった。

それでも、起きる気配はない。

「太腿がピクピクしてる……気持ちよさそうだわ」

愛撫される男の下半身を観察し、ユリナが冷静に述べる。頬が幾ぶん紅潮しているようだから、淫靡な光景に魅入られて、昂《たか》ぶっているのではないか。

（ユリナ先輩も濡れてるのかしら）

彼女の腰あたりに目がいってしまう。ふわっとしたスカート部分に隠れているものの、気のせいかヒップがもぞついているようだ。

「このままシコシコしてたら、射精するわよね」

楽しげに言う郁美の手が、強ばりをリズミカルに摩擦する。初めてとは思えないほど、迷いがない愛撫だ。

おそらく経験がないゆえに、大胆に振る舞えるのだろう。それに、奉仕する相手が眠っているから、気遣う必要もない。

「眠っているのに出るんですか？」

春華が質問すると、ユリナが答えてくれた。

「男のひとって、眠っていても射精するのよ。春華ちゃんも、夢精《むせい》って聞いたことあるでしょ」

その言葉に、無言でうなずく。学校の性教育で習ったのだ。

そして、不意にあることを思い出した。

あれは隼人が中学校に入る前のこと。当時、兄妹でひとつの部屋を使っており、寝るのは二段ベッドだった。

ある晩、上の段で寝ていた隼人が、明け方近くにベッドを抜け出したことがあった。たまたま目を覚ました春華は、どことなく普段と違う様子が気になって、彼のあとをこっそり追ったのである。

洗面所から明かりが洩れ、水の流れる音がする。そっと覗いてみたところ、パジャマの下を脱いだ兄が、何かを洗っていた。

上衣の裾からおしりが見えており、彼が洗っているのが下着であるとわかった。もしかしたらおねしょをしたのか。そこまでではなくても、少々チビってしまったのかもしれない。

春華は気づかれぬようにその場を離れた。兄に恥をかかせたくなかったのだ。

あとになって夢精のことを学んだとき、春華の脳裏にあの晩の記憶が蘇《よみがえ》った。もしかしたらあれはと悟ったものの、誰にも明かさず胸の奥にしまった。

当然ながら、本人にも確認していない。隼人が中学生になって部屋も別々になったから、同じ場面には二度と遭遇しなかった。

それから十年近く経った今、あのとき目にした兄のおしりも、夢の中の出来事みたいに現実感を失っている。ただ、彼が部屋から出たあと、それまで嗅いだことのない不思議な匂いが漂っていたのは鮮明に憶えていた。

あれは、夢精の残り香だったのだろうか。

「ねえ、わたしにもさわらせて」

今日子の言葉で、春華は現実に引き戻された。

「はい、どうぞ」

郁美が筒肉を解放し、代わって色っぽいお姉様の指が巻きつく。

「本当に硬いわ」

強ばりをニギニギして、今日子が感想を口にする。好奇心を煽《あお》られたか、手を上下に動かした。

「むう」

呻き声が聞こえても、もはや誰も気にしない。施しを受けて脈打つ肉器官に、女子大生たちは夢中であった。

「こんなにお汁が出てるわ」

もう一方の手が差しのべられ、鈴割れの雫が指先で粘膜に塗り広げられる。牡腰がくねり、快い刺激であることを見る者たちに教えた。

「これがガマン汁ってやつ？」

「正確にはカウパー腺液っていうらしいわ」

郁美とユリナのやりとりが、やけに遠くから聞こえる。兄のペニスが弄《もてあそ》ばれる場面に、春華は我を忘れるほど見とれていたからだ。

（いやらしすぎるわ……）

名前の通り亀の頭みたいな穂先部分が、さっきよりもふくらんでいるようだ。粘膜が今にもパチンとはじけそうに張り詰めたそこが、先走り液でヌメる。いっそう生々しい様相を呈《てい》していた。

郁美の手淫奉仕よりも、今日子のほうが格段に淫らに映る。指づかいに、より情感がこもっていた。

そのぶん悦《よろこ》びも大きいのか、隼人の下腹が大きく波打っている。

「ユリナちゃんもさわってみる？」

先輩に言われ、ユリナはすぐに返事をせず、迷いを浮かべた。凶悪な肉器官に抵抗があるのか。あるいはお嬢様らしく、他人が見ているところでそんなはしたないことはできないと思ったのか。

それでも、好奇心には抗えなかったらしい。

「じゃあ、ちょっとだけ」

と、綺麗な手をのばした。

（そんな、ユリナ先輩まで――）

春華は胸の痛みを覚えた。育ちのいい先輩に男のモノを握らせるなんて、ひどく残酷な気がしたのだ。

とは言え、それをするのは彼女の意志である。

交代して牡の漲りを手にするなり、ユリナが「まあ」と上品な驚きを発する。

「不思議ね。血液が集まるだけで、からだの一部がこんなに硬くなるなんて」

男のからだの仕組みを、きちんと理解した上での感想だ。そういう聡明な先輩ゆえに、欲望をあらわにした牡器官に触れてほしくなかったのに。

だからと言って、春華は自分が代わろうなんて考えていなかった。

「それじゃ、次は春華ちゃんの番ね」

ユリナに言われ、きょとんとなる。

「え、何がですか?」

「せっかくの機会だもの。ペニスをさわって」

これに、春華は首をぶんぶんと横に振った。

「わ、わたしはいいです」

「どうして? お兄さんのだから平気でしょ」

いや、実の兄のモノだからこそ、平気ではないのだ。兄妹の関係を超え、禁断の世界に足を踏み入れてしまうことになる。

ところが、先輩たちはそう思わないらしい。

「そうよ。ここは絶対にさわるべきだわ」

郁美が言う。ひとりでも共犯者を増やしたいという口振りで。

「今後のためにも、勃起したオチンチンがどんな具合なのか、知っておいたほうがいいと思うわ」

これからの性体験に役立つと、今日子は本気で考えているらしい。彼女も妹が兄の性器に触れることを、特殊な状況だと感じていないようだ。

（みんな、他人事だと思って……）

胸の内で憤慨した春華である。もっとも、兄をモルモットにすることに同意した時点で、道を踏み外していたのだ。

事実、ペニスがあらわになったときから、触れてみたいと思っていた。先輩たちにけしかけられたおかげで、手を出しやすくなったとも言える。

「わ……わかりました」

仕方なくというふうにうなずくと、ユリナが屹立から手をはずす。

「さ、どうぞ」

促され、春華はコクッとナマ唾《つば》を呑んだ。

（兄貴のオチンチン――）

胸に浮かんだ言葉を、急いで打ち消す。兄のモノだと思うから、躊躇してしまうのだ。

(これはただの性器なのよ。勃起したらどんなふうなのか、さわって確かめるだけなんだから)

持ち主の存在を頭から振り払う。さっきからずっと目にしているのに、いざ触れようとすると、やけに余所余所《よそよそ》しい物体に映った。

それでも、勇気を出してはち切れそうな筒肉に指を回す。

「キャッ」

秘茎がビクンとしゃくり上げたものだから、反射的に強く握って抑え込んだ。

(ああん、さわっちゃった)

イケナイことをしたという意識がこみ上げる。

(パパ、ママ、ごめんなさい)

春華は胸の内で両親に謝った。それでいて、あやしい昂ぶりにもまみれていたのである。

「どう、春華ちゃん？」

今日子の問いかけに、「あ、はい」と返事をする。しかし、それ以上の言葉が出てこなかった。

「とっても硬いでしょ？」

ユリナの質問にも、「硬いです」とおうむ返しをするので精一杯だった。

「だけど、いい勉強になったよね。春華ちゃんのお兄さんのおかげで、オチンチンがどんなふうに勃起するのか、ちゃんとわかったんだもの」

郁美の発言に、春華は全面的に賛成しかねた。断りもなく下半身を脱がせ、悪戯をしているだけなのに、おかげなんて言っていいのだろうか。

おまけに、自分が兄のモノを握っていると再認識させられ、罪悪感が募る。

「じゃあ、ここはお礼の意味も込めて、お兄さんをすっきりさせてあげたほうがいいわね」

今日子の提案に、郁美が小首をかしげる。

「え、すっきりって？」

「精液を出させてあげるってこと」

代わりにユリナが答え、春華に笑顔を向ける。

「春華ちゃん、しごいてあげて」

「え、わ、わたしは」

焦ったものの、すべて妹にやらせるつもりではなかったようだ。

「みんなで順番にシコシコしてあげるの。最初は春華ちゃんね。今後のためにも、男のひとを気持ちよくしてあげるやり方を学んだほうがいいわ」

射精するまで愛撫させるわけではないとわかり、安心する。

（しごくって……）

どんなふうにすればいいのか、見当もつかない。とりあえず、さっき郁美がしていたのを思い出して、手を上下に動かした。

「んっ、ン――」

小さな呻き声が聞こえ、腰が左右に揺れる。兄が感じているのだとわかって、少し気が楽になった。

それでも、最初は扱いがうまくいかず、持て余したのは否《いな》めない。

（けっこう難しいかも）

無理にこすったら、きっと痛いだろう。特に頭部は粘膜が薄く、強くすると擦《す》り剥《む》けてしまいそうだ。

先走り液を潤滑剤にしようにも、量が不足している。試行錯誤するうちに、春華は突破口を見つけた。

（あ、これ、外側の皮だけを動かせばいいんだわ）

ペニスの包皮は、張りつめているように見えて、けっこう余裕がある。それで中の硬い芯を磨くようにすると、スムーズにしごくことができた。

「むふ……フン、うう」

隼人の息づかいが荒くなっているようだ。それだけ快感が大きくなった証しでもある。

「すごく気持ちよさそうだわ、隼人さん」

ユリナが彼の顔を覗き込んで言う。眠っていても、悦びにひたっている様子が窺えるのだろうか。

順番にすると言ったのに、誰も代わろうとしない。今日子も郁美も手を出すことなく、春華の手元に見入っていた。上下する包皮が、亀頭に被さっては剥けるところを。

それを不公平だと感じなかったのは、春華自身、手淫奉仕に没頭していたためである。

新たに湧き出したカウパー汁が包皮に巻き込まれ、クチュクチュと卑猥《ひわい》な粘つきをこぼす。その音にも幻惑されそうだ。

「春華ちゃん、そのままシコシコしててね」

そう言って、ユリナが向かい側から手をのばす。しごかれる牡器官ではなく、真下のくりんと丸まった陰嚢に。

俗にキンタマと呼ばれるものがふたつ入った、シワシワの袋。精子を製造する部位であり、男の急所であることも知っている。

ユリナがそこに触れたのは、ただの好奇心からだろうと春華は思っていた。ところが、白魚の指が縮れ毛をかき分け、ジャガイモみたいな嚢袋をくすぐるなり、隼人の腰がガクガクと跳ね躍ったのである。

「え、えっ？」

何かが起ころうとしているのを察して、春華は焦った。次の瞬間、鈴口に溜まっていた透明な粘液を押し退け、白い雫がぷくっと盛りあがったのである。

（あ、出るんだわ）

射精するのだと悟るなり、雫が糸を引いて宙に舞った。

「えっ⁉」

「キャッ」

先輩たちが悲鳴をあげる。春華も驚き、思わず手を離しそうになった。

そのとき、このまま愛撫を続けるべきだと、自分の中で何かが命じる。ビクンビクンとしゃくり上げる肉根が、もっとしごいてとせがんでいるようにも感じられた。

（まだ続けなくちゃ）

次々と白濁の粘液を放つ牡の猛《たけ》りを、脈打ちに合わせて摩擦する。このまま永遠に続くのではないかと思えるほど、射精は長く続いた。

とは言え、実際は十秒にも満たなかったであろう。

落下した情欲のエキスが、隼人の下腹に淫らな模様を描く。胸躍る光景が終わると、悩ましくも青くさい香りが漂った。

（あ、これって）

兄がこっそり寝床を抜け出した夜に、嗅いだものと一緒だ。そうするとやはり、彼はあのとき夢精したのだ。

（いっぱい出た……）

絶頂を遂げたあとも、春華は無意識にペニスをしごき続けた。軟らかくなったことに気がついて、ようやく手を離す。

縮こまった秘茎は、陰毛の上に力尽きて横たわった。

「ふう」

郁美が大きく息をつく。それをきっかけに、四人は顔を見合わせた。

「すごかった……あれが射精なのね」

今日子が感動を込めて言う。

「けっこう飛ぶんですね。あのぐらいの勢いがないと、子宮にまで届かないからかしら」

目にした現象を、ユリナが理詰めで解釈する。腰が落ち着かなくモジモジしていたから、昂ぶりを悟られないようにそんなことを言ったのかもしれない。

「なるほど。妊娠しちゃうわけよね」

郁美が納得してうなずく。それから、萎えたペニスをぼんやりと眺める春華に声をかけた。

「でも、すごいよね。春華ちゃんがお兄さんをイカせちゃったんだもの」

言われて、ハッと我に返る。

「そ、そんな、わたしは――」

「でも、ユリナちゃんがキンタマをさわったら、すぐに射精したのよね」

今日子の言葉に、ユリナが「そうですね」とうなずいた。

「実は前に、本で読んだことがあったんです。男のひとは、陰嚢をさわられると感じるって」

「どんな本?」

「官能小説ですけど」

お嬢様は近代文学に限らず、手広く読んでいるらしい。

「すぐにイッちゃったから、本当にキンタマが感じるんだね」

郁美がさっそく手をのばし、さっきよりも伸びている玉袋に触れた。すると、牡の腰がくすぐったそうにくねる。

「うん。敏感みたい」

先輩の能天気な振る舞いに、春華もいくらか気分が楽になった。自身の指にまといついた白濁液に気がつき、そっと鼻先にかざす。

（……不思議な匂い）

決していいものではないのに、ずっと嗅いでいたくなるのはなぜだろう。

それから四人は、初めて目撃した射精の感想を交わしながら、粘っこい牡汁の後始末をした。

第二章　体験したいの

1

（どうなってるんだ、いったい……）

気怠《けだる》くも快い余韻《よいん》にひたりつつ、隼人は我が身に起こったことが未だに信じられなかった。

今夜は、所属している映像研サークルの飲み会があった。ところが、酒癖《さけぐせ》の悪い同級生に絡《から》まれて、ほとんど飲めなかったのだ。

そのため、不満を抱えて早々に帰宅したところ、妹も含めた女子大生のグループがいたのである。

二十一歳のこの年まで、彼は異性と親しく交際したことがなかった。奥手な性格ゆえ、女の子に話しかけるだけでも勇気が必要だった。

そんな隼人だったから、自宅に女子大生たちが集っている状況に、緊張しつつも舞いあがったのは無理からぬこと。頬が熱く火照《ほて》るのを、どうすることもできなかった。

それでも、どうにか平静を装い、自室に入ったのである。ほとんど素面だったにもかかわらず、酔ったから寝ると弁明して。

汗をかいていたし、本音を言えばすぐにでもシャワーを浴びたかった。けれど居たたまれなくて、一刻も早くその場から逃れたかったのだ。

そのときは、やっぱりシャワーを浴びればよかったと、あとで後悔することになるなんて思いもしなかった。

バスルームへ行くのは彼女たちが帰ったあとにしようと、隼人はとりあえず部屋に蒲団を敷いた。気疲れもあったし、少し寝ようと服を脱いで横になる。

しかし、隣のリビングが気になって、眠いのに寝つかれなかった。

顔を合わせるのも照れくさくて、彼女たちをジロジロと見たわけではない。だが、それぞれに個性があり、魅力的だった。妹は別にして、あの中の誰とでもいいからお付き合いができたら、どんなにいいだろうか。

とは言え、名門女子大の学生など、自分には高嶺《たかね》の花《はな》である。そんな夢みたいな出来事が、現実に起こるわけがない。

かすかに聞こえる話し声は、どんな話をしているのかさっぱりわからない。それでも耳を傾けているうちに、隼人は間もなくうとうとした。

そして、深い眠りに落ちることなく淫夢を見る。詳細は憶えていないが、女性からいやらしい施しを受けるという、実生活ではまったく縁のない展開だった。

気持ちよくなってきたところで目が覚め、隼人は落胆した。続きを見るべく寝直そうとして、現実でも快さが継続していることに気がついた。

いつの間にか掛け布団の下側がめくられ、ブリーフ越しにペニスを愛撫されていたのだ。

いったい誰がと混乱していると、下半身のほうから小声のやりとりがした。それを聞いて、妹の先輩たちの仕業《しわざ》であるとわかったのである。

お嬢様大学で知られるところに通う彼女たちが、どうしてこんな大胆な行動に出たのか。訳のわからぬまま何もできず、眠ったフリをしていると、ブリーフを脱がされた。

勃起した分身を女子大生たちに見られ、隼人は羞恥《しゅうち》でどうかなってしまいそうだった。しかし、本当に恥ずかしかったのは、直に握られて変な匂いだと言われ、ウエットティッシュで清められたときだ。そのときに、帰ってすぐにシャワーを浴びればよかったと、激しく後悔したのである。

声をひそめた四人の会話で、どうやら男のことが知りたくて、こんな暴挙に出たのだとわかった。つまり、彼女たちは何も経験がないのだ。

妹を含めて全員が処女だとわかり、その点は安心した隼人である。だったら好きにさせてもいいかという心持ちになった。

何よりも気持ちがいい。こんなチャーミングな女の子たちに、いやらしい施しを受けるチャンスなんて、今後もあるとは思えなかった。

順番に猛るモノを握られ、隼人は順調に高まった。それぞれで異なる手指の感触に、それほど動かされなくても悦びがふくれあがったのだ。

そのまま絶頂に導かれるのだと思っていた。ところが、春華まで手を出してきたものだから、さすがに慌てる。実の妹に、そんなことをさせるわけにはいかなかった。

しかし、もはや為《な》す術《すべ》はなく、許されない領域へと足を踏み入れる。春華の手は快《こころよ》かった。正直、それまでの誰よりも感じてしまったほどに。妹に愛撫されるという背徳感が、快感を高めたのか。最初は覚束《おぼつか》なかった手の動きも、程なくコツを掴んだようでリズミカルになった。

おかげで、隼人は早々に限界が近づいた。

いくらなんでも、妹の愛撫で昇りつめるわけにはいかない。快楽に翻弄《ほんろう》されながらも、隼人は懸命に忍耐を振り絞った。早く他の子と交代してくれと、必死で念じながら。

兄としての理性を無にしたのは、予想もしなかった牡の急所へのタッチだった。それによってくすぐったくもゾクゾクする歓喜が呼び込まれ、爆発が回避できなかったのである。

驚いたことに、精液がほとばしるあいだも、春華は肉根をしごき続けてくれた。初めて牡の漲《みなぎ》りに触れたはずなのに、そうすれば快いとどうしてわかったのであろうか。

隼人は目のくらむ愉悦に翻弄され、オナニーの比ではない量の樹液をほとばしらせた。終わったあとの虚脱感も著しく、ザーメンと一緒に魂まで抜かれた心地すらした。

かくして、現在に至っている。

体液の後始末をされながら、隼人は自己嫌悪と罪悪感に責め苛《さいな》まれた。

（おれ、春華にイカされたんだ……）

一方的に弄ばれるという致し方ない状況ながら、妹の愛撫で果ててしまったのである。普段から兄として、生活態度をやかましく注意してきたのに、これではまったく説得力がない。

眠ったフリなどしないで、起きたことを彼女たちにわからせればよかったのだ。そうすれば、こんな最悪の結末を迎えずに済んだのに。

しかし、今さら後悔したところで手遅れだ。

（もういいだろ。終わりにしてくれよ）

精液はほとんど拭われたようである。気が済んだのならブリーフを穿《は》かせて、さっさと出て行ってもらいたかった。

すっかり荒《すさ》んだ心持ちでいると、

「これ、大きくなったら、また射精するのかしら？」

聞こえた声にドキッとする。まだ何かするつもりでいるのか。

「勃起すれば、ちゃんと出ると思いますよ。まだ若いから、二、三回は可能じゃないでしょうか」

こちらの意見も聞かず、勝手なことを言わないでほしいと隼人は思った。もっとも、普段でも続けて二度オナニーをすることがあった。あながち間違ってはいない。

いや、こんな素敵な女の子たちに気持ちよくしてもらえるのなら、三回でも四回でも可能かもしれない。

妹の手で絶頂に導かれ、激しく落ち込んだはずであった。なのに、隼人は懲《こ》りもせず、新たな快感への期待をふくらませた。

おそらく、これまで異性と親密な交際をしてこなかった反動であろう。

（またしごいてくれるのかな？）

現金なもので、海綿体に血液が舞い戻る兆《きざ》しがあった。

「じゃあ、勃起させちゃう？」

その声に続いて、萎えていた肉器官が摘《つ》まれる。柔らかな指の感触に、ムズムズする快さが広がった。

ビクン――。

腰が震え、シーツの上で尻がくねる。

「あ、感じてるみたい」

指が動き、軟らかなペニスを弄ぶようにしごく。春華の手ではないとわかったから、安心して身を任せられた。

「むぅ」

洩れる呻きを圧し殺し、与えられる快感に鼻息を荒くする。分身がムクムクと膨張するのが、見なくてもわかった。

「わ、すごい。大きくなってきた」

三十秒と経たずに、秘茎がピンとそそり立つ。五本の指で握られると、うっとりする気持ちよさに強ばりが脈打った。

「もう硬くなっちゃった」

巻きついた指がニギニギと強弱を加える。上下にも動かされ、電流みたいな快美が生じた。

(うう、たまらない)

からだのあちこちが、ビクッ、ピクンと痙攣《けいれん》する。尿道内を熱い粘りが伝い、鈴口から洩れ出したようだ。

「あ、ガマン汁が出てきた」

手の奉仕をしてくれる女子大生が、嬉しそうに報告する。

(これ、最初に握ってくれた子だな)

率先して手を出すぐらいだから、好奇心が旺盛のようだ。声の感じや言葉遣いからして、体育会系ではないだろうか。

「春華ちゃん、ウエットティッシュを貸して」

「あ、はい」

屹立を濡れた薄紙で拭《ふ》かれ、隼人は腰を震わせた。冷たさと、ザラッとした感触が妙に心地よい。

(今度はどんなことをしてくれるのかな？)

わざわざ清めたのは、何か考えがあってのことなのだ。そして、ひょっとしたらと密かに期待する。

くびれまで丁寧に拭われ、くすぐったさの強い快感に分身が雄々しく脈打つ。またじゅわりと、新たなカウパー腺液が溢れたようだ。

「あたし、やってみたかったことがあるんだ」

その台詞《せりふ》に続いて、「え？」「ちょ、ちょっと」と、慌てた声があがった。

亀頭にぬるい風が当たるのを、隼人は感じた。きっとそうなのだと確信したのと、粘膜がヌルッとこすられたのは、ほとんど同時であった。

「ううう」

堪《た》え切れずに呻きをこぼす。ペニスの先っちょを舐《な》められたのだ。彼女がしたかったのは、期待どおりに口淫奉仕——フェラチオだったのである。

さらにペロペロと、舌が粘膜部分に這わされる。アイスでも舐めるみたいに、無邪気な動きで。

（こんなことまでしてくれるなんて）

やってみたかったということは、当然ながら初めてなのだ。あるいは仲間が見ているから、ノリでできるのだろうか。

初めてなのは、隼人も一緒である。手でしごかれるばかりか、フェラチオまで体験できるなんて。眠ったフリをしていてよかったと、さっきとは真逆のことを考えるほどに舞いあがった。

「い、郁美先輩、平気なんですか？」

震える声で問いかけたのは春華だ。すると、言葉ではなく行動で答えようとしたのか、ふくらみきった頭部を口に含まれた。

チュパッ——。

舌鼓《したつづみ》を打たれ、腰が反射的にガクンとはずむ。閉じていた瞼《まぶた》の裏に、火花が散ったのが見えた。

（うう、よすぎる）

尿道が熱い。新たなカウパー腺液が滲《にじ》み出たのだ。

「まあ、大胆ね」

どこかあきれたような声は、一番年上の先輩であろう。紹介されたときに、ひとりだけ大人びた女性がいたのを隼人は思い出した。大学生とは思えないほど色っぽくて、美人だった。

(あのひともしてくれないかな)

印象からして、屹立を深々と咥《くわ》え込み、舌をねっとりと絡みつかせてくれそうだ。たとえ、これまでしたことがないのだとしても。

しかしながら、経験のない処女にしゃぶられるだけで、隼人は早くも危うくなっていたのである。技巧的な奉仕などされようものなら、たちまち爆発するのは目に見えていた。

にもかかわらず、さらなる悦びを求めてしまうのは、男の哀《かな》しい性《さが》なのか。

「――はぁ」

分身から口がはずされる。唾液に濡れたところが外気に触れ、熱を奪われてひんやりした。

(ああ、いいところだったのに)

もっと舐めてほしくて、肉の猛りを脈打たせる。

「フェラって、けっこう難しいね」

少しも艶っぽくない声音の感想である。それでも、彼女は初めてペニスを握り、フェラチオもしてくれた子なのだ。

（郁美先輩って呼ばれてたな……）

春華が口にした名前を思い返し、隼人は記憶に刻みつけた。

「今日子さんもやってみますか？」

誘いかける言葉に、心臓が高鳴る。あの大人びた先輩に向けられたのだとわかったからだ。

「そうね……」

迷うような相槌に、胸の内で訴える。

（ああ、お願いだから）

是非しゃぶってほしかった。ところが、思いもよらないことを彼女が口にしたのである。

「おしゃぶりよりも、わたしはセックスを体験してみたいわ」

これに、他の三人はかなり驚いたようだ。

「え、今日子先輩」

「本気なんですか⁉」

もちろん隼人も驚愕《きょうがく》したが、それ以上に天にも昇る心地を味わった。

(じゃあ、おれと初体験を?)

妹が軽はずみな行動をすることは望まずとも、隼人自身は一般的な男たちと同じく、早く体験したいと願っていた。あんなに美しい女性から童貞を奪ってもらえるのなら、これほど幸運なことはない。

しかも、彼女のほうも初めてらしいのだ。処女と結ばれるのも、まさに理想的な初体験と言える。

すっかり気持ちが高まった隼人であったが、続いて聞こえたやりとりには、戸惑わずにいられなかった。

「それって、やっぱり卒論のためなんですか?」

「そうね。いいものを書くためには、ちゃんと男を知っておくべきだって思うのよ」

今日子の卒業論文のテーマを知らない隼人には、何が何やらであった。

(卒論って……春華と同じゼミってことは、この子たち、文学部の学生なんだよな)

バージンを卒業しないと書けないとは、いったいどんな論文なのか。理系人間で文学に疎《うと》い隼人には、さっぱり見当がつかなかった。

まあ、文系の人間にもわからないであろうが。

理由が何であれ、セックスができるのである。それに、これがきっかけでお付き合いができるようになるかもしれない。女性は初めての男を、決して忘れないと聞いたことがあるから。

「先輩がそこまで言うのなら、わたしは反対しませんけど」

おっとりした声で賛同したのは、もうひとりのお嬢様っぽい子だ。名門の女子大生であっても、男と同じように早く体験したいものなのか。

（てことは、春華も？）

いや、妹に限ってそんなはずはないと、浮かんだ疑念を打ち消す。

「セックスをするのなら、その前にちゃんと準備しないと」

「え、準備って？」

「こんなに大きくなったペニスを挿《い》れるんですよ。ただでさえ処女膜が邪魔してるのに、おまんこが濡れてないと痛くて死んじゃいますから」

露骨な単語を口にされ、隼人は身を強ばらせた。

2

（今日子さん、本当にするつもりなのかしら……）

予想もしなかった展開に、春華はどうすればいいのかわからなくなった。まさか色っぽくて綺麗な先輩が、自分の兄にバージンを捧げるなんて。

だが、戸惑っているのは春華だけのようだ。ユリナも郁美も最初こそ驚いたけれど、今やサポートをするつもりになっている。

「うん。ユリナの言うとおり、ちゃんと濡らさなくちゃだね」

郁美にも言われて、今日子は目をぱちくりさせた。

「それはそうだけど、気分を高めれば自然と濡れるんじゃないの？」

結合に至る過程で昂奮し、愛液が滲み出ると踏んでいるらしい。しかし、そんなのは甘い考えだというふうに、ユリナがかぶりを振った。

「オナニーのときならともかく、そんな簡単には濡れませんよ。初体験だと緊張するでしょうし、肉体の反応も思い通りにならないはずです」

そこまで言われては、今日子も黙りこくるしかなかったであろう。この場では年長でも、セックスに関しては全員が初心者なのだから。

だったら、どうするつもりなのか。春華が訝っていると、お嬢様がニッコリとほほ笑む。

「わたしにまかせてください」

これには、今日子ばかりか郁美もきょとんとなった。

「え、まかせるって？」

少しも理解できない様子の先輩に、ユリナは事も無げに告げた。

「わたし、男の子との経験はありませんけど、女の子とならあるんです」

「ええっ⁉」

驚きをあらわにした今日子が、郁美に視線を向ける。（知ってたの？）と、目で問いかけた。

しかし、同じ学年の郁美も、初耳だったらしい。

「ユリナって、レズだったの？」

本人に向かって、ストレートに問いかける。

「べつに、女の子だけが好きってわけじゃないわ。女子校で、まわりに同性しかいなかったし、悪戯半分でキスしたり、おっぱいを揉んだりとかあったじゃない。わたしはそれよりも、もうちょっと先を経験しただけよ」

もうちょっと先というのが、具体的にどの程度なのかはわからない。ただ、郁美も知らなかったのだから、本格的なレズビアンではないのだろう。事実、ペニスに興味を示し、触れることまでしたのだから。

「そういうわけで、わたし、女の子を気持ちよくして濡らしてあげるのは、けっこう得意なんです」

後輩のお嬢様に大胆なことを言われ、今日子は気圧《けお》されたみたいにのけ反った。

「で、でも、わたしは——」

「それに、先輩って美人だし、けっこうわたしのタイプなんです」

ユリナがにじり寄る。今日子はわずかに後退しただけであった。

同じ女子校出身同士、同性に対する背徳的な感情は、共通していたのではないか。間もなく、ふたりの唇がぴったりと重なった。

（ウソ……）

春華は固唾《かたず》を呑んだ。美しい先輩たちのくちづけに魅せられて。

最初は、ただ唇を合わせただけであった。そのうち、ふたりの顔が傾いて、より深く密着する。腕も互いの背中に回し、抱擁と熱いキスに身を投じた。

（あん、ホントにしちゃってる）

ラブシーンなら、ドラマや映画で何度も目にしたことがある。それこそ、もっと濃厚なベッドシーンだって。

けれど、目の前で繰り広げられているものは、これまで見たどれよりも淫靡な光景に映った。

「ん……」

「むふぅ」

官能的な息づかいに混じって、
ピチャ……チュッ——。

と、かすかな水音も聞こえる。舌を絡ませているのだと、春華にもわかった。

「女の子同士でも、キスって気持ちいいのかしら？」

つぶやきが聞こえてハッとする。隣をそっと窺うと、郁美が向かい側のふたりを茫然《ぼうぜん》とした面持ちで見つめていた。

そして、彼女がこちらを向く。

「春華ちゃん、あたしにキスしてくれない？」

「ええっ⁉」

「どんな感じなのか、確かめてみたいのよ」

表情は真剣そのもので、冗談ではないと悟る。しかも、こちら側に距離を詰めてきた。

（無理よ、そんなの）

いくら先輩の頼みでも、女同士でキスするなんてあり得ない。ところが、ぷっくりした唇がやけに蠱惑的《こわくてき》で、春華は拒めなかったばかりか吸い寄せられた。

気がつけば、すぐ目の前に郁美の顔があった。

ふに——。

柔らかなものがひしゃげる感触で我に返る。春華は焦って顔を離した。

（何をしたの、わたしってば）

心臓がドキドキと、息苦しいほどに高鳴る。同性とくちづけを交わしたという事実を、冷静に受け止めることができなかった。

一方、郁美のほうは、感激したふうに目をパチパチさせている。

「うん……けっこういいわね」

禁断のキスが、すっかり気に入った様子だ。また迫られるのではないかと危ぶんだものの、彼女は一度確かめただけで満足したらしい。

(……もうちょっと長くしてもよかったかしら)

実は春華も、先輩と唇がふれあった瞬間、甘美なものを感じたのだ。だからこそ、すぐに離れたのである。同性愛の世界に足を踏み入れ、抜け出せなくなったら困るから。

「ううン」

悩ましげな呻きが聞こえ、ふたりは向かい側に視線を戻した。

(あん、いやらしい)

唇を奪ったユリナが、右手を先輩の股間に忍ばせていた。短いワンピースの裾からはみ出した、ベージュのストッキングに包まれた太腿のあいだに。

「ふは――」

息が続かなくなったのか、今日子がくちづけをほどいた。トロンとした眼差しで、悩ましげに腰を揺らす。

「ゆ、ユリナちゃん、ダメよ」

たしなめる言葉など、ユリナは端《はな》っから聞く気がないらしい。

「今日子さんのここ、熱くなってますよ」

「くううッ」

敏感な部位をまさぐられたのか、今日子がのけ反って艶声をこぼす。

「ここはどうですか？」

「あうう、ほ、ホントにダメ」

その言葉は、狙いが間違っていないことを教えるに等しかったであろう。

「ここがいいんですね」

さらなる刺激を受け、美しい女子大生が「ああッ」とひときわ大きなよがり声を放った。

「はうう、い、イジワルぅ」

「意地悪じゃないですよ。今日子さんのおまんこを濡らすためにしてるんですからね」

またも卑猥な単語を口にするユリナ。お嬢様っぽい外見に相応しくないぶん、いやらしすぎて頭がクラクラする。

（ユリナ先輩って、けっこうエッチなひとだったんだ……）

キスも愛撫も慣れている感じだし、これまでにたくさんの女の子を泣かせて、いや、歓ばせてきたのではあるまいか。

綺麗で品のある彼女だけに、口説かれてメロメロになる子は少なくなかったと推察される。もしもふたりっきりのときに迫られたら、春華も拒めるかどうか自信がない。

事実、年上の今日子ですら感じさせられ、抵抗できなくなっているのだ。

「だいぶ湿ってきたみたいですよ」

ユリナが満足げな笑みをこぼす。色っぽいお姉様はパンストを穿いており、それでもわかるということは、かなりの濡れ具合なのだろう。

「ああ、いやぁ」

年上らしく強気だった今日子は、すっかり弱くなっていた。後輩の不埒《ふらち》な指で身をくねらせ、泣きそうな声で喘ぐ。

「じゃ、脱ぎ脱ぎしましょうね」

ユリナの両手が、ワンピースの裾から入り込む。今日子はもはや抵抗もできないようで、自らヒップを浮かせて協力した。

ベージュの薄物が、女らしい美脚をするすると下る。くしゅっと丸まったそれは、レースで飾られた白いパンティも巻き込んでいた。

つまり、ワンピースをめくれば、下半身はすっぽんぽんなのだ。

さすがにみんなが見ている前で、先輩を裸にすることはなかった。ユリナは彼女の両膝を立たせ、Mの字のかたちに開くと、そのあいだに屈み込んだ。

「え、えっ、なに?」

今日子は尻で後ずさりをしかけたものの、それより早くユリナが太腿を抱え込む。猶予《ゆうよ》を与えることなく、中心部分に顔を密着させた。

「キャッ、だ、ダメぇ」

悲鳴をあげたお姉様がのけ反った。

（え、まさか？）

まさかも何も、秘部に口をつけたのだ。

キスはともかく、クンニリングスまでするなんて。ユリナのプレイは、かなり本格的のようだ。

「だ、ダメ、やめてぇ。わたし……お酒をたくさん飲んだし、トイレにも行ったのよぉ」

今日子が居酒屋で二度ほどお手洗いに向かったのを、春華も憶えていた。洗っていない、正直な匂いを放つ秘苑を味見されているのだ。恥ずかしがるのは当然であろう。

ユリナのほうは、それがいいのだと言わんばかりに、派手な音をたてて女芯を吸いねぶる。

チュッ……ちゅぱ、ピチャピチャ――。

「イヤッ、いやぁ、あ――ううう」

羞恥が快楽に押し流され、反応が色めいたものに変化する。坐っていられなくなったのか、今日子は畳の上に仰臥《ぎようが》した。

「だ、ダメ……あ、あああ、そんなにされたら」

身悶《みもだ》える年上の美女は淫らすぎて、春華は下半身が疼《うず》くのをどうすることもできなかった。

（……アソコを舐められるのって、そんなに気持ちいいのかしら）

自分もされてみたくなっていることに気がつき、焦ってはしたない感情を抑え込む。しかし、よがる姿を見せつけられては、劣情が募るばかりだ。

オナニーのとき、指ではなく舌だったら、もっと感じるのではないかと考えたことがあった。誰かにしてもらいたかったわけではない。自分の舌が届けばいいのにと思ったのだ。

もちろんサーカス団員でもない限り、そんなことは不可能だ。

だからと言って、他人に舐められるのは恥ずかしい。クンニリングスという行為の名称を知ったとき、自分は絶対に無理だと思った。グロテスクなアソコを見られるのも嫌だし、生々しい匂いや味まで知られたら、二度とそのひとと顔をあわせられなくなるだろう。

けれど、先輩ふたりの戯《たわむ》れを目にしていたら、同性にならされていいかもと、倒錯的な心持ちになった。

（女同士なら、アソコが匂うのだって理解してもらえるし、どこをどうすればいいのかだってわかるはずだもの）

それこそ、慣れているであろうユリナに舐められたら、最高の悦びが得られるに違いない。

もともと同性愛への興味などなかったのだ。ところが、あられもない行為を目の当たりにしたことで、春華は禁断の世界に惹《ひ》かれていった。

「あ、そうだ」

郁美が何かを思い出したふうにうなずく。強ばりきったままのペニスを握り、その真上に顔を伏せた。

「え、何をするんですか？」

驚いて訊ねると、彼女がこちらを横目で振り仰ぐ。

「今日子さんのマンコがちゃんと濡れても、オチンチンのほうが乾いてたら挿れにくいでしょ」

ユリナに影響されたのか、郁美までも卑猥な単語を口にする。どうやら牡の強ばりを、唾液でヌルヌルにしておくつもりらしい。

どちらも濡れていたほうが、結合しやすいのは事実であろう。しかし、彼女が唐突にフェラチオをする気になったのは、目の前のレズプレイに煽《あお》られ、何かせずにいられなくなったからではないのか。

その証拠に、牡根にしゃぶりついた体育会系女子の、背後に突き出されたジーンズのヒップが、いやらしく左右に揺れていた。

(もう……みんなして)

ひとり取り残された春華は、先輩たちに羨む視線を向けた。さりとて、今日子とユリナのあいだに入り込む隙《すき》はないし、郁美に代わって兄のモノをしゃぶるわけにもいかない。

そんな状態で郁美のおしりを撫でたのは、手持ち無沙汰だったがゆえの行動であった。

ソフトタイプのジーンズには、下着のラインがくっきりと浮かんでいた。くりんと丸いフォルムといい、妙にエロチックだ。

それに惹かれたばかりではない。欲望本意で兄に手を出す彼女を、無意識のうちに咎《とが》める気持ちが働いたようだ。セックスの前に、また精液を出したらどうするのかという思いもあったろう。

「んぅ――」

唸るような声を洩らした郁美だったが、秘茎を咥えたまま振り返りもしなかった。誰がさわったのかなんて確認するまでもなかったし、女同士だからおしりをさわるぐらいかまわないと思ったのか。

それをいいことに、春華はぷりぷりしたお肉に指を喰い込ませ、揉み撫でたのである。

女友達のヒップを、冗談でさわったことならある。けれど、ここまでしっかり愛撫するのは初めてだ。

柔らかさと弾力が、胸がはずむほど心地いい。すぐに手放すのが惜しくて、夢中になって揉み続ける。

「ん……むふ」

牡の漲りをねぶりながら、郁美がいやらしく尻をくねらせる。後輩の好きにさせていたのは、彼女自身も快さを味わっていたためではないのか。

それでも、悪戯な指が谷底へ忍ばされると、丸みがピクンと震えた。

「ううう」

郁美が呻き、手を追い払うみたいに腰を振る。だが、春華の指頭は熱い湿りを捉えていた。

(濡れてる――)

おしりを揉まれてこうなったわけではあるまい。同級生と先輩のレズシーンに昂ぶり、さらに男根にも奉仕したことで、秘部が潤ったのだろう。

いや、もしかしたらそれよりも前、勃起させたペニスを愛撫し、射精を目撃したときから、こうなっていたのではないか。春華が早くから、秘苑をしとどに濡らしていたように。

湿ったところを指先でこすっていると、とうとう郁美がおしゃぶりを中断した。唾液にまみれた強ばりから口をはずし、

「ちょっと、春華ちゃん」

振り返って眉間にシワを刻む。そのとき、

「ああ、い、イク……イッちゃううう!」

高らかなアクメ声が和室に響き渡る。ハッとして向かい側を見れば、今日子が女らしい肢体をガクガクと波打たせていた。

「あ、あふっ、う――くふぅううう」

せわしなく喘ぎ、間もなくぐったりして手足をのばす。

（イッたんだ……今日子先輩）

春華は圧倒され、郁美の股間から指をはずした。

「ふう」

身を起こしたユリナがひと息つく。濡れた口許《くちもと》を手の甲で拭い、艶っぽい笑みをこぼした。

「今日子さんのおまんこ、とっても美味しかったです。それに、いい匂いがしましたよ」

べつに辱《はずかし》めようとしたわけではなく、素直な感想だったのだろう。それでも、年上の美女には耐え難かったのではないか。

「うう……い、イジワル」

快楽の余韻に身を震わせながらも、後輩をなじる。声音に甘えた感じがあったから、クンニリングスそのものは悪くなかったのではないか。

「今日子さん、いっぱい濡れた？　こっちも準備ＯＫだよ」

郁美が声をかけ、手にした勃起を誇示する。女同士の戯れを終えたばかりのふたりも、そこを目にした。

「すごく元気ね。それじゃ、しましょうか、今日子さん」

「う、うん」

ユリナに手を引かれ、今日子がのろのろと身を起こす。

唾液に濡れて、生々しい様相を呈する肉器官を凝視し、彼女はコクッと喉を鳴らした。表情に怯《おび》えが浮かんだから、それが自らの純潔を切り裂く場面を想像したのかもしれない。

「掛け布団、邪魔だから取ったほうがよくない？」

郁美に言われ、春華は「そうですね」とうなずいた。下半身だけを晒《さら》した男と交わるなんて即物的だし、せっかくの初体験には相応しくない。

それに、ここまでしても起きなかったのだ。もう兄は目を覚まさないものと決めつけていた。

掛け布団が剥がされ、Tシャツ一枚のみの半裸の男が、四人の女子大生の前に横たわる。股間のシンボルをギンギンに勃《た》たせて。正直、みっともいい眺めではなかったものの、本人は眠っているのだから関係ない。

普段は絶対に見ない姿ということもあり、春華は目の前にいるのが実の兄であると、なかなか受け入れられなかった。いっそ、見知らぬ男を弄んでいるような感覚に陥《おちい》っていたのである。

おかげで、罪の意識をほとんど感じなかった。それは隼人の顔を見ないようにしていたためもあったろう。

「どうやってするんですか？」

率直に質問すると、今日子が答える。

「そりゃ、わたしが上になるしかないわよ」

どことなくぶっきらぼうだったのは、初体験を前に緊張が高まっていたためなのか。

彼女は表情を強ばらせ、隼人の腰を跨《また》いだ。ワンピースの裾をたくし上げ、女らしく成長した腰回りをあらわにする。それから、反り返って下腹にへばりつくペニスを上向きにした。

「硬いわ……」

つぶやいて、真上にそろそろと腰をおろす。たわわなヒップがキュッと強ばり、筋肉の浅いへこみをこしらえた。

後輩のバージン三人は、息を詰めて先輩の騎乗位を見つめた。自分がするときの参考にするためというより、淫らな見世物に惹きつけられて。

そのせいで、今日子がなかなかヒップを下降させなかったのを、破瓜への恐怖ゆえだと気遣えなかったのである。

「まだですか?」

郁美が焦れったげに声をかける。ユリナもわざわざ移動し、おしりのほうから股間を覗き込んだ。

「ペニスの先っぽ、ちゃんとおまんこに当たってますよ。そのままおしりを下ろせば入りますから」

と、経験もないのに指示を出す。これには、さすがに今日子も気分を害したらしい。

「なによ、他人事だと思って」

憤慨をあらわにしつつも、彼女はロストバージンを試みようとした。屹立の先端をからだの底部にこすりつけ、切なげに身悶える。

亀頭粘膜は愛液に濡れ、いっそうすべりがよくなっていたであろう。おそらく、ちょっと重みをかけるだけで、やすやすと交わりが果たせたはず。

ところが、今日子はさんざん迷った挙げ句、

「やっぱり無理」

顔を情けなく歪めて宣言し、逃げるみたいに隼人の上から飛び退《の》いた。

「えー!?」

郁美が不服そうに唇を歪める。ユリナはそこまであらわな反応を示さなかったものの、表情に失望が浮かんでいた。

春華もがっかりしたものの、安堵する部分もあった。みんなの見ている前で処女を卒業するなんて、決して趣味がいいとは言えない。

何より、相手は自分の兄なのである。先輩とセックスするところを見てしまったら、一緒に暮らしているのに顔を合わせづらくなる。

っかったのである。

(そうよ。これでいいんだわ)

自らに言い聞かせたものの、今日子の中断でこの場はおしまいとはならなかったのである。

3

(なんだ、しないのかよ)

隼人はがっかりした。せっかく童貞を卒業できると思ったのに、直前で中止されてしまうなんて。

しかも、相手は美人で色っぽい女子大生だ。彼女のバージンもいただける手筈だったのである。

(ま、そううまい話はないか)

それこそ、一夜の夢だと諦《あきら》めるしかない。

手でしごかれて射精し、フェラチオを経験できただけでも幸運なのだ。彼女たちに、半裸のみっともない姿を見られたことを差し引いても。

ただ、妹の手で果てた事実は、精神的に後を引きそうだ。だからこそ初体験を遂《と》げて、それまでのことを無しにしたかった。

こうなったら、今夜のすべてを忘れようか。そこまで考えたところで、

「だったら、あたしがするわ」

新たなロストバージンの候補が名乗り出て、隼人は思わず瞼を開きそうになった。誰なのか確認したかったのだが、声ですぐにわかった。

「え、郁美先輩？」

春華が戸惑いの声を発する。最初にペニスを握り、フェラチオまでしてくれた子なのだ。

（本当に積極的なんだな）

しかも好奇心が旺盛ときている。その性格が、この場でも遺憾《いかん》なく発揮されたようである。

「本気なの、郁美？」

同学年の友人が訊ねる。あのお嬢様っぽい子だ。

「もちろんよ。だいたい、これでおしまいになったら、春華ちゃんのお兄さん

が可哀想じゃない。あたしたちからオモチャにされまくったのに、結局童貞のままだなんて」

たとえ事実であっても、未経験であると決めつけられ、隼人は少なからず傷ついた。白いブリーフを見られたときにも言われたが、見た目でそこまでわかるものなのだろうか。

(それとも、春華が何かしゃべったのか?)

いくら妹でも、兄の性体験まではわかるまい。しかし、彼女がいないなどと吹聴し、それを先輩たちは信じたのではないか。

まあ、偽りなき事実であったが。

童貞だと断定されたのはショックでも、そのおかげでセックスが体験できるのなら御《おん》の字《じ》だ。眠ったフリをして一方的に跨がれるだけでも、女性を知ることに変わりはない。

「兄貴は可哀想じゃないですよ。どうせ眠ってるんですから」

春華が不満げにこぼす。先輩が実の兄のペニスで処女を散らすところなど、見たくないようだ。

（いや、余計なことを言うなって）

隼人は胸の内で不満を述べた。幸いなことに、その程度の忠告では、郁美は決心を変えなかった。

「いいのよ。あたしが経験したいんだから」

彼女が決意を述べる。続いて、衣擦《きぬず》れのような音がした。

（服を脱いでいるのか？）

自分の初めてを奪ってくれる女性である。できればヌードを拝みたい。

隼人はそっと薄目を開けた。女子大生たちの視線は仲間に向けられているだろうし、自分の顔を見ている者などいまいと判断して。

（あ――）

心臓がバクンと大きな音をたてる。こちらに向けられた、かたちのよいナマ尻が目に入ったのだ。

郁美は下だけを脱いでいた。セックスを経験するのなら、それだけで充分であったろう。

と、視界の端に、もしかしたら結ばれていたかもしれない美女がいた。さっきはたくし上げていたであろうワンピースの裾は戻っており、ナマ脚以外の肌を晒していない。

表情が暗いのは、初体験寸前までいって処女を捨てられなかったことを悔やんでいるためなのか。口を出す資格はないと遠慮しているようで、積極的な後輩を無言で見守っている。

「じゃあ、わたしが濡らしてあげようか？」

そう申し出たのは、さっき先輩にレズプレイを仕掛けたお嬢様だ。

目をつぶっていたため、隼人はその場面を見ていない。けれど、会話や気配で秘部を舐めたのを察して、大昂奮であった。

それこそ、放っておかれたにもかかわらず、分身が最大限の勃起をキープし続けたぐらいに。そんなときにフェラチオまでされたものだから、爆発を堪えるのに多大な忍耐を要した。

ともあれ、

「遠慮しとくわ。あたしは、お兄さんにしてもらうから」

郁美の返答に、隼人は（え？）となった。

（おれに何をさせるって？）

彼女が動いたものだから、焦って瞼を閉じる。出方を窺っていたものの、腰を跨がれる気配はなかった。

代わりに、何かが顔に迫るのを感じる。

「ちょっと郁美」

焦った呼びかけに、隼人は反射的に目を開けた。

（わっ――）

思わず洩らしそうになった声を呑み込む。すぐ目の前に、白くて丸い球体があったのだ。

それは郁美のおしりだった。縦の裂け目がぱっくりと割れており、谷底に淫靡な陰がチラッと見えた。

次の瞬間、柔らかなお肉で顔面を潰《つぶ》される。

「むぅっ」

口許を塞がれ、隼人は反射的に呻いた。酸素を取り戻そうと鼻から息を吸い込むなり、濃密な酸味臭が脳に直接届く。

（ああ、すごい……）

発酵しすぎたヨーグルトみたいなそれは、女体が発するあられもない匂いに違いなかった。

「郁美先輩、な、何をしてるんですか？」

春華の問いかけが、やけに遠くから聞こえる。郁美の脚が耳を遮《さえぎ》っていたためと、初めて知った淫靡なフェロモンに陶酔していたからだ。

「何って、お兄さんにマンコを舐めてもらうのよ」

隼人は動揺した。ひょっとして、狸寝入《たぬきねい》りがバレたのかと思ったのだ。

だが、そうではなかった。

「舐めてもらうったって、ただおまんこをこすりつけるだけでしょ」

お嬢様のあきれたふうな指摘に、郁美が「まあね」と答える。本当に腰を前後に振り、陰部を隼人の口許や鼻で摩擦した。

（なんてエッチな子なんだ）

舐めるまでもなく、彼女の恥芯は濡れていた。ヌルヌルしたものが顔に付着したからわかる。

　もちろん、嫌悪感など微塵《みじん》もない。できれば舌を出して、割れ目の奥までねぶってあげたかった。そんなことをしたら起きているのがバレるから、ぐっと我慢したけれど。

「あん、これ、けっこうキモチいい」

　郁美の腰振りが早くなる。隼人の顔に重みをかけ、容赦なく恥割れをこすりつけるうちに、彼女の息づかいが乱れてきた。

「まったく、郁美ってば」

　あきれたふうな友人の声も、快感に夢中で気にならないようだ。

「いいじゃない。あん……ど、どうせお兄さんは眠ってるんだし、あたしのくさいマンコの匂いだって、嗅がれずに済むんだもの」

　自らくさいと言うぐらいだ。その部分が独特の臭気を放っている自覚があるのだろう。

　もちろん隼人は、くさいなんて思わなかった。魅力的な異性の、正直なパフュームなのだ。生々しいほどに昂奮させられる。

　鼻が尻の割れ目に入り込むと、蒸れて熟成された汗の匂いばかりか、アヌス周りの秘めやかな残り香も感じられた。隼人が本当は起きていて、それらすべてを暴かれたと知ったら、いかにも体育会系っぽい郁美でも、さすがに恥ずかしがるのではないか。

できれば味も知りたかったが、舌を出すわけにはいかない。隼人は唇をわずかに開き、とろりと流れ込んできた蜜汁を、悟られぬようにすすった。

（ああ、美味しい）

初めて味わうラブジュースは、塩気の中にほんのりと甘みがあった。舌に絡む粘っこさも好ましい。

もっと与えてほしかったものの、残念ながらおしりが顔から離れる。隼人は急いで瞼をしっかり閉じた。

「それじゃ、エッチするわよ」

その声に続き、今度は腰を跨がれたのがわかった。さっきの美女と同じく、騎乗位で交わるつもりなのだ。こちらが寝たままでは、他に可能な体位はなかったであろう。

薄目を開けて確認すると、郁美の背中が見えた。さっきは跨がれた感じからして対面だったようだが、今度は向きが逆だ。意識してそうしたわけではなく、顔面騎乗の後、そのまま前に進んだだけかもしれない。

強ばりが上向きにされ、切っ先に濡れた裂け目が当たる。さっき唇にこすりつけられた、処女の秘苑なのだ。

（よし、今度こそ）

隼人は目をつぶった。起きていることがバレないようにではなく、初めての女体の感触を、じっくりと堪能するために。

「……本当にするつもりなの？」

見守っていた年長の美女が、ここに来て問いかける。自分がやめたせいでこうなったのだと、責任を感じているのではないか。

「はい。心配しないでください」

郁美の返事は明るかった。強がっているわけではなく、本当に何も気にしていない様子である。

その理由も、いかにも彼女らしかった。

「あたし、ずっと運動ばかりしてたから、処女膜なんてとっくに磨滅しちゃってますよ。だから、簡単にヌルッて入っちゃいます」

痛くないはずだから平気というわけか。純潔を散らすことについては、まったく抵抗がないらしい。

（女の子って、みんなそうなのかな……）

安易にからだを許したりせず、もっと自分を大切にしてほしい。そんなふうに考えるのは、妹を持つ兄ゆえの心境なのか。

しかしながら、自分自身が童貞を卒業したくて、眠ったフリまでしているのだ。他人にお説教ができる立場ではない。

おまけに、郁美が屹立の先端に重みをかけてくると、いよいよだと胸を躍らせたのである。

（これでおれは、男になれるんだ！）

喜びがふくれあがったところで、彼女がヒップを落とす。最初に、侵入をはね返すような強い抵抗があった。

「ううン」

郁美は苦しげに呻いたものの、どうしてもやり遂げたいという意志が強かったらしい。強引に強ばりを迎え入れた。

「あああッ！」

悲鳴が響き渡った直後、隼人は強烈な締めつけの中にいた。

（ああ、入った）

温かくて濡れたものが、分身をぴっちりと包み込んでいる。感触そのものも
快かったが、これで男になれたという感激で気分が高揚していた。

ところが、どうも様子がおかしい。

「郁美、だいじょうぶ？」

「ちょっと郁美先輩、どうしたんですか？」

他の面々の焦った声が聞こえた。

（え、どうかしたのかな？）

簡単に挿入が果たせそうなことを言っていたわりに、入口の抵抗は強かった。

ということは、処女膜は磨滅せずに残っていたのか。

「い——痛い痛い痛いぃ」

郁美が悲痛な声をあげた。

「痛いって、処女膜は磨滅してるんじゃなかったの？」

問いかけに答える余裕もなさそうだ。彼女は「うーうー」と呻くのみ。

「ねえ、痛いのなら、一度抜けば？」

そうアドバイスをしたのは、年長の美女である。やはり責任を感じているようで、心配そうな声音だ。

「うー……む、無理です。ちょっと動くだけでも痛い」

「そんなに？」

「ま、マンコに鬼の金棒を突っ込まれてるみたい」

いくらなんでも大袈裟だと、隼人は思った。自分のペニスはたぶん標準サイズで、金棒ほど大きくないし、トゲトゲだってついてない。

「緊張したら、ますます痛くなるわよ。力を抜いて」

「だって、ホントに痛いから」

「深呼吸しなさい」

友人のアドバイスを受け、破瓜に苦しむ女子大生が「ふうー」と深く息をつく。それを何度か繰り返すうちに、下腹に乗ったヒップが強ばりを解いたのが、隼人にもわかった。

（もうだいじょうぶかな？）

内部の締めつけも、心なしか緩んだ気がする。

ただ、入口部分がやけに熱く、濡れている感じもある。そこから出血しているのかもしれない。

「どう？」

「うん……ちょっと楽になったかも」

「立てる？」

「うう」

郁美は立ちあがろうと試みたようだが、すぐに諦めた。

「無理。マンコがピリピリするんだもん」

どうやら動くと傷口がこすれるらしい。

「まあ、こうなるんじゃないかと思ってたけど」

やれやれというふうにこぼしたのは、お嬢様ふうの友人だ。

「どういうことよ？」

「激しい運動をしてると処女膜がすり切れるっていうのは、わたしも聞いたことがあるわ。だけど、それって体操選手とか、脚を開いて柔軟運動をするような子たちでしょ」

「え、そうなの？」

「郁美が脚を開くのは平泳ぎぐらいだし、そもそもあなたはからだが堅いじゃない。ストレッチでひーひー言うぐらいに」

「そ、そこまでわかってたのなら、前もって教えてくれればいいじゃない」

「言ったって、どうせやめなかったでしょ？」

反論しなかったから、やはりそのつもりだったのか。郁美は「そりゃ……」と小さくつぶやき、押し黙った。

「とにかく、動けないぐらいに痛いんだったら、おまんこの中のものを小さくするしかないわね」

「え、小さくって？」

そう訊ねたのは、春華の声だった。

「射精すれば小さくなるでしょ。郁美、生理はいつ？」

「あ、ええと……もうすぐ」

「だったら妊娠はだいじょうぶね。童貞なら病気も持ってないだろうし」

お嬢様っぽいわりに、判断が的確で冷静だ。だが、このまま射精するのは簡単ではないと、他ならぬ隼人自身がわかっていた。

(動けないのに、どうするつもりなんだ?)

初体験を遂げて気分が高まっているし、初めて味わう女芯の感触もたまらない。

しかし、刺激を与えられないことには、そう簡単には昇りつめないであろう。童貞生活が長く、毎日のオナニーが欠かせなかったから、摩擦されないとイケそうになかった。

おまけに、さっき放出したばかりなのである。

「春華ちゃん、お兄さんのシャツをめくって」

「あ、はい」

Tシャツが鎖骨のあたりまでめくり上げられる。これでほとんど全裸と変わらぬ恰好だ。

（何をするつもりなんだ？）

羞恥にまみれても何もできず、隼人はまさしく俎上《そじょう》の魚《うお》であった。包丁を突き立てられているわけではなく、逆に女体を串刺しにしている点は異なっているけれど。

「今日子さんと春華ちゃんは、隼人さんの乳首を愛撫してください」

「え、乳首？」

「どうしてそんなところを？」

「男のひとも、乳首が感じるんです。みんながみんなってわけじゃないみたいですけど。それで気持ちよくなれば、隼人さんは精液を出すはずです」

いったいこの子は、どこでそんな知識を得るのだろうか。感心するというよりは、あきれ返る隼人であった。

（ていうか、おれは乳首なんて感じないけど）

断定できるのは、自分で触れたことがあったからだ。

アダルトビデオで、AV女優が男優の乳首を舐めているのを見て、そんなにいいのかと試したのである。けれど、少しもよくなくて、すぐにやめてしまった。己の乳首をいじってオナニーをする男など、傍《はた》から見ても滑稽に違いなく、恥ずかしくなったためもあった。

そのため、まったく期待していなかったのである。

「本当なの？」

疑問を口にした色っぽいお姉様が、牡の突起に触れる。途端に、ビクンと体躯がわなないた。

（え、なんだ？）

隼人の反応は、今日子にもわかったらしい。

「あら、感じてるみたい」

柔らかな指頭が、乳輪をくるくるとなぞる。くすぐったくも妙に快く、自然と息がはずんできた。

（ど、どうしてこんな――）

人類にとって無用の長物たる、男の乳首。胎児の初期においては男も女だった痕跡《こんせき》だと、本で読んだことがある。

だとすれば、快感があっても不思議ではないのか。

自分でさわっても気持ちよくなかったのは、考えてみれば当然かもしれない。ペニスだって己の手でしごくよりも、女の子たちにしてもらったほうが、何十倍も快かったのだ。

しかしながら、そんなことで納得している場合ではなかった。

「本当ですか？」

空いているほうに別の指が触れる。春華だ。

「むふっ」

太い鼻息がこぼれ、背中が浮きあがる。ゾクゾクする悦びが生じたものだから、隼人は焦った。

（え、どうしてなんだ？）

下半身を愛撫されたときと同じであった。またも妹の手で、こんなにも感じてしまうなんて。

「はうう」

郁美が切なげに喘ぐ。

「え、どうしたの？」

ユリナが訊ねた。

「なんか、オチンチンがマンコの中で、ビクビクって」

「それ感じてる証拠よ。今日子さん、春華ちゃん、よろしくね」

「あ、はい」

「だったら、もっとよくしてあげちゃおうか」

意味ありげなことを口にしたのは今日子だ。何をするのかと身構えていると、乳首に温かな風が当たった。

チュッ――。

吸われる感触に、またからだがビクッと震える。彼女が乳首に口をつけたのだ。さらに舌先が輪っかを辿《たど》り、小粒の突起もはじく。

（ああ、そんな）

隼人は肩をすぼめて悶えた。

喜悦の波が襲来し、鳩尾《みぞおち》のあたりがむず痒《がゆ》くなる。塗り込められる唾液の温かさも好ましい。

「ほら、春華ちゃんも」

「は、はい」

今日子に促され、春華も牡の乳頭に吸いついた。遠慮がちにではあるが、舌を這わせることまでする。

「くぅ」

隼人は堪え切れずに呻き、まずいと口許を引き結んだ。幸いにも、彼女たちには聞こえなかったようである。

だが、甘美な責め苦はそれで終わらなかった。

「ううッ」

今度は下半身から、快い波が押し寄せてくる。また陰嚢を撫でられたのだ。

「キンタマがパンパンになってる。もうイッちゃいそうよ」

卑猥な報告にも煽られ、全身が熱くなる。あのお嬢様だ。初めて女体を知った上に、他の三人も加わったことで、隼人は否応なく上昇した。

「郁美、動くのは無理でも、おまんこを締めたり緩めたりぐらいはできるんじゃない？」

淫らな要請に、処女を破られた女子大生が「やってみる」と健気に答える。

初めて男を迎え入れたのに、そんなことができるのかと疑問であったが、

「ん……ふう」

彼女が呼吸をはずませる。おしりの筋肉が収縮するのに合わせて、膣もわずかながら強弱を与えてくれた。痛みが薄らいだのか、腰も前後左右に揺れる。

そうなれば、長く持たせるのは不可能だ。

（ああ、まずい）

頭の中にピンク色の靄《もや》が広がる。からだのあちこちがビクッ、ビクンと痙攣し、隼人は歓喜の渦《うず》に取り込まれた。

胸元にうずくまるふたりの髪から、洗いたてとは異なる、飾らないかぐわしさが漂う。それも快感を押しあげ、気がつけば後戻りのできない地点に達していた。

（あ、いく）

絶頂の震えが肌を伝う。体幹が甘く痺《しび》れた次の瞬間、屹立の中心を熱い粘りが駆け抜けた。

びゅッ、びゅるンッ――。

悦楽を伴った奔流がほとばしる。

(あ、ああ、よすぎる)

一度目にも匹敵する量のザーメンが出ているのが、見えなくてもわかった。陰嚢をポンプのように揉まれ、睾丸の精子が吸い出されたためであろう。

「あ、あ、イッてるみたい」

郁美が悩ましげに言う。温かいものが膣奥に広がるのを感じたのか。

「え、ホントに?」

乳首を吸っていたふたりが顔をあげる。けれど、玉袋がしつこくモミモミされていたおかげで、射精の気持ちよさは長く続いた。

すべてを出し切ると、隼人はぐったりして蒲団に沈み込んだ。さほど間を置かずに二度もオルガスムスに至ったことで、全身が倦怠にまみれていた。

「オチンチン、軟らかくなったわ」

ヒップが下腹から離れ、力を失ったペニスがあっ気なく抜け落ちた。

あれだけ痛がったのであり、郁美はかなり出血したのではないか。気がかりだったものの、確かめることはできない。それに、瞼を開くのも億劫《おっくう》だ。

「ちょっと赤くなってるけど、そんなに血は出てないみたいね」

お嬢様の声が聞こえ、よかったと安堵する。もっとも、郁美はそう簡単には済ませられなかったようで、

「あたし、もう絶対にエッチなんかしないっ！」

と、憤慨の声音で宣言した。よっぽど懲りたらしい。

その後、四人の手で後始末をされるあいだに、射精疲れで睡魔が忍び寄る。

隼人はほどなく深い眠りに落ちた。

4

翌朝、隼人が目を覚ますと、卵を焼くいい匂いがした。

（……春華のやつ、もう起きたのか？）

時計を見ると、午前九時だ。けれど休日だから、慌てる必要はない。

ぼんやりと天井を眺めていると、昨晩の記憶が少しずつ蘇ってきた。

（あれって、本当のことだったんだろうか？）

妹を含めた女子大生たち四人に弄ばれた。射精に導かれたばかりか、初体験までしたのだ。まさに夢のような出来事であり、だからこそ現実味が感じられなかったのであろう。

蒲団の中でからだをまさぐれば、Tシャツもブリーフもちゃんと身に着けていた。股間の分身が朝の生理現象でいきり立っているのも、いつもと同じだ。

しかし、昨夜のことは決して夢ではない。

（おれはもう、童貞じゃないんだ）

眠ったフリのまま、一方的に跨がられたとは言え、セックスをしたのは事実である。しかも、処女と結ばれたのだ。

頬が緩み、ニヤニヤ笑いが止まらない。もしも妹に見られたら、気持ち悪いと非難されるのは確実だ。わかっていても、こみ上げる愉快な気分を抑えきれなかった。

どうにか真顔を取り戻してから、隼人は蒲団を這い出した。服を着て、部屋を出る。飲み会でもあまり食べられなかったし、空腹だった。

リビングダイニングの、カウンター向こうのキッチンに、春華の姿があった。

こちらに気がつくと、

「おはよう、お兄ちゃん」

と、朝の挨拶をしてくれる。

「ああ……おはよう」

隼人が戸惑ったのは、「お兄ちゃん」と呼ばれたのが久しぶりだったためだ。

上京する前、春華が高校生だったときには、普通にそう呼ばれていた。ところが、一年後に彼女が東京に来て、同居が始まった頃から、呼び方が曖昧《あいまい》なものに変化していった。

要は、「ねえ」とか「ちょっと」とか、二人称名詞を使わずに声をかけられることが多くなったのである。隼人が保護者として、生活について口うるさく注意するようになったこともあり、きょうだい関係がちょっとギスギスしていたためであろう。

妹が他人の前では「兄貴」と呼んでいることが、昨夜は明らかになった。おそらく彼女自身も、心の中ではそう呼んでいるのだ。

正直なところ、あまりいい気分ではなかった。わずか一歳違いでも、妹に生意気な態度をとられるのは面白くない。

とは言え、春華だっていつまでも子供ではない。兄に反抗するのも仕方がないのかと、あきらめることにした。

なのに、一夜明けたら「お兄ちゃん」である。おまけに、態度にも変化が現れていた。

「お兄ちゃんも食べるでしょ、目玉焼き」

「あ、ああ」

「トーストも焼くね。ちょっと待ってて」

「うん」

隼人は困惑を隠せないまま、カウンターのスツールに腰掛けた。

普段、朝食はそれぞれが自分のぶんを用意して食べるのが常だった。こんなふうに作ってくれるなんて、長い間なかったことである。

(ずいぶんサービスがいいんだな)

もしかしたら、お詫《わ》びのつもりなのか。ゼミの先輩たちと一緒に、兄をオモチャにしてしまったことへの。

もちろん、隼人が起きていたことに気がついてはいまい。もしもそうだったら、とても冷静に振る舞えないはずだ。

あるいは、みんなに煽られて大胆な行動をとったことを、悔やんでいるのだろうか。もうあんなことはしないという反省の意味も込めて、素直な態度を見せているのだとしたら、隼人としても安心できる。

（これからは、あまりうるさく注意をしなくてもいいかな）

オトナなら過ちを犯さぬよう、自分で律するべきだ。そんなふうに思えるようになったのは、男になったことで気持ちに余裕が生まれたからだろう。

（またあの先輩たちを、ここへ連れてきてくれないかな）

今度は眠ったフリなどしないで、ちゃんと抱き合いたい。そうなると、一度に何人も相手をするのは無理だから、ひとりで充分だ。

（だったら、あのひとかな）

交わる寸前までいきながら、結局やめてしまった美女。卒論のことを言っていたから四年生なのだろうし、そうすると年上だ。容貌も色っぽくて、女子大生には見えなかった。

それだけにセックスの味を知ったら、かなり濃密な交わりが期待できそだ。あまりに気持ちよくて、全身が蕩《とろ》けるほどの。

などと、童貞を卒業したばかりの分際で、いっぱしのことを考える。できれば肉体関係を持つだけではなく、恋人として付き合いたい。

「トースト、一枚でいい？」

「うん」

春華がトースターに食パンをセットする。そのとき、彼女の柔らかそうな手を見て、隼人は胸の高鳴りを覚えた。

（おれ、春華の手でイカされたんだよな……）

そのときの狂おしい快感が蘇る。朝勃ちがおさまったはずのペニスが、ブリーフの中で再び勃起した。

第三章　女の子みたいに

1

翌週――。

追田准教授が研究会に出席するため、午後からのゼミが早々にお開きとなった。

「学食にでも行く？」

「そうですね」

四人のゼミ生は学部棟を出て、学食のある建物へ向かった。

「ところで、お兄さんは元気？」

道すがら、今日子が訊ねる。

「はい。元気です」

春華が答えると、郁美が心配そうな顔を見せた。

「べつに変わったところはないよね？　あたしたちがしたことに気がついてるみたいな」

そんなことを訊ねるのは、あれだけ豪語して初体験に挑んだのに激痛に見舞われ、情けない結末になったからだろう。初めてを捧げた相手には、あの醜態《しゅうたい》を知られたくないのかもしれない。

「そんなことはないですよ。次の日もいつもとまったく変わらず、普通にしてましたから」

「それならいいんだけど」

安堵の面持ちを見せた郁美は、歩き方が少し変だった。アソコに何かが挟まっている感じが、ずっと続いているそうである。先週末のあの日から、四日も経っているのに。

「また春華ちゃんのところへ遊びに行きたいわね。あ、今度はお兄さんもいっしょに飲むのはどうかしら」

ユリナが本気とも冗談ともつかない口調で言う。これに、今日子が「そうね」と相槌を打っただけで、特に賛同の声は続かなかった。春華も黙っていたのは、後悔していたからだ。

（あそこまで乱れちゃったのは、お酒のせいなのよね）

春華はそう結論づけていた。アルコールの影響で羽目《はめ》をはずしたことにしたほうが、気が楽だった。

事実、あの日の今日子は一次会から出来上がっていた。ユリナと郁美も顔にこそ出ていなかったものの、けっこう飲んだのである。春華自身も、マンションに帰ってから勧められ、少々たしなんだ。

（まったく、お酒に飲まれちゃいけないわね）

素面だったらああはならなかったと、自らに言い聞かせる。

酔った上での狼藉《ろうぜき》は、なかったことにしていいのが世の常識だ。これについては、先輩たちも同意見であろう。

あとはその件についての話は出ず、学食に到着する。

昼食時は学生で混雑するものの、今は講義時間中ということもあり、閑散としていた。昼の営業は終わっており、カウンター向こうの厨房《ちゅうぼう》には誰もいない。

ただひとり、アルバイトの女の子がテーブルを拭いて回っていた。

四人は自動販売機で飲み物を買い、端っこのテーブルに着いた。

窓際の席は、カーテンで陽射《ひざ》しが遮られていたものの、暖かな陽気で眠気が襲ってくる。四人は特に会話を交わすこともなく、それぞれに紙コップの飲み物をちびちびとすすった。予定していたゼミが中途半端で終わり、気が抜けたためもあったろう。

そこへ、アルバイトの子が台拭きを手にやって来る。

(可愛い子ね……)

簡素なエプロンを着けた彼女を、春華はぼんやりと眺めた。

今年の春から採用になった新人で、高校を出たばかりだという。胸に「長谷部《はせべ》」というネームプレートを付けているが、下の名前が真琴《まこと》であることを、多くの学生が知っていた。

というのも、彼女が同性をも惹きつける美少女だったからだ。

中高から女子校育ちという者が多い女子大学ゆえ、可愛い女の子はアイドル並みの人気を得る。さっそく名前やプロフィールを訊きだした学生がいて、その情報は春華にも伝わってきたのである。

もっとも、共学校出身の春華は、長谷部真琴にそれほど関心があったわけではない。

髪はサラサラのセミロング。色白で、いつも潤んだふうな黒い瞳も、か弱い印象を強くする。誰もが守ってあげたくなるタイプの子だ。

確かにアイドルになってもおかしくないような、愛らしい顔立ちである。けれど、あくまでも身近にいる美少女でしかなかった。

（ユリナ先輩は、ああいう子が好みなのかしら？）

お嬢様が真琴をチラチラと見ていることに気がつき、春華はふと思った。女子校で、女同士のエッチを経験してきたということだが、やっぱり見た目で相手を選んだのであろうか。

ユリナと真琴の淫靡な戯れは、なるほど絵になりそうだ。つい妄想をしかけ、何を考えているのかとあきれたとき、

「あの……テーブルを拭いてもよろしいですか？」

真琴が怖《お》ず怖《お》ずと申し出る。ちょっとハスキーな声もチャーミングだ。

「ええ、どうぞ」

各々がテーブルに置いていた紙コップを手に取る。「失礼します」と断り、甲斐甲斐しく働く美少女を、慈《いつく》しむ眼差しで見守った。

ただひとりを除いて。

「キャッ！」

真琴が悲鳴をあげる。ユリナの脇を通ろうとしたとき、いきなり転んだのだ。何かに躓いたのだろうか。

「あっ！」

そのはずみで、ユリナが持っていた紙コップを落とす。それは床に膝をついた美少女を直撃し、残っていた飲み物が髪や服を濡らした。

(え？)

春華は目を疑った。先輩が真琴目がけて、故意に紙コップを放ったように見えたからだ。

「あらあら、大変」

ユリナは急いで立ちあがると、美少女を助け起こした。それすらも、どこかわざとらしく映った。

「ごめんね。ビショビショになっちゃったわね。これ、早く乾かさないと」

「あ、だ、だいじょうぶです」

真琴は焦り気味に、エプロンのポケットから新しい布巾《ふきん》を取り出した。しかし、お嬢様に奪い取られる。

「こんなもので拭いても、シミになるだけよ。髪も濡れてるし、ドライヤーで乾かしたほうがいいわ」

実際は、それほどたくさんこぼれたわけではなく、放っておいても乾くレベルだったのである。ところが、ユリナは真琴の腕を取ると、

「さ、行きましょ」

と、彼女を強引にその場から連れ出した。他の三人に、「みんなも来て」と声をかけて。

今日子も郁美も困惑げであったが、ユリナの怪しい行動には気がついていなかったらしい。どうせヒマだからかまわないというふうに、素直に従う。

(もしかしたら、ユリナ先輩が真琴ちゃんを転ばしたんじゃないかしら)

テーブルの陰で見えなかったが、足を引っかけたのではないか。でなければ、

あんな何もないところで躓くはずがない。

つまり、すべては真琴を連れ出すために仕組んだことになる。しかし、いったい何のために？

（ひょっとして、ナンパするつもりなの？）

やはり真琴は、ユリナのお好みだったのではないか。

しかし、本当にナンパだったら、他のゼミ生を巻き込むはずがない。ふたりだけになれるよう画策するはずだ。

訳のわからぬまま、春華は先輩たちのあとをついて行った。

ユリナがみんなを連れて行った先は、さっきまでゼミをしていた小さな演習室だった。

八人も入れば満員のそこは、追田准教授の研究室に隣接しており、ゼミ生の控室も兼ねている。そのため、資料棚の他にポットやコーヒーメーカー、小さな冷蔵庫なども備えつけてあった。

しかしながら、ドライヤーはなかったはずである。

中央には、演習で使うテーブルがある。ユリナはそれを迂回して真琴を奥まで連れていき、窓際のパイプ椅子に坐らせた。

「さて、と」

美少女の前に立って腕組みをし、怯えた面持ちを見せる彼女を見おろして目を細める。まるで、品定めでもするかのように。髪や服を乾かすつもりなど、端っからなかったようだ。

「どうかしたの、ユリナちゃん？」

今日子が訊ねると、お嬢様は振り返って問い返した。

「わかりませんか？」

「え、何が？」

「この子、わたしたちを騙《だま》してるんですよ」

これには、今日子ばかりか春華も郁美も、訳がわからず唖然となった。

(騙してるって……学食のお釣りでも誤魔化したのかしら？)

だが、学食のレジは、学生証のバーコードを読み取っての後払い決済になっている。一部に現金で購入するメニューもあるけれど、誤魔化せる金額などたかが知れている。

そもそも、そういう悪さをするような子には見えなかった。

真琴は肩をすぼめ、からだを小刻みに震わせていた。謂われのない断罪に戸惑っているというより、悪事の発覚を恐れるかのように。

(それじゃあ、本当に何か悪いことをしたのかしら?)

わたしたちを騙していると、ユリナは言い切った。ということは、特殊詐欺にでも荷担《かたん》しているのか。

「どうする。自分で白状する?」

普段はおっとりとしたお嬢様が、やけに強気である。ひとが変わったようであった。

上から目線の問いかけに、真琴は身を強ばらせたままだった。緊迫した雰囲気の中、他の三人は固唾を呑んでふたりを見守るしかなかった。

「そう……わかったわ」

うなずいたユリナが「立ちなさい」と命じる。あるいは、これで解放されると思ったのか、強ばっていた美少女の面差しがわずかに緩んだ。

すると、彼女が椅子から立ちあがるなり、身を屈めたユリナがエプロンを大きくめくったのである。それも、内側のスカートも一緒に。

「イヤッ！」

真琴はとっさに抵抗したものの、ナマ白い美脚ばかりか、ピンク色のパンティまでみんなから見られることになった。しかも、ユリナがスカートの裾をなかなか離さなかったものだから、じっくりと。

（ユリナ先輩、どうして……）

いくら女同士でも、恥ずかしくないわけがない。現に、真琴は涙目になり、必死でスカートをおろそうとしている。

可哀想だと思いながらも、春華は彼女の下半身から目が離せなかった。同性のものなのに、胸がきゅんと締めつけられるほどエロチックに感じたのだ。

「お願い、やめてぇ」

真琴がとうとう涙をこぼす。それで憐憫《れんびん》を覚えたか、

「ユリナちゃん、やめてあげて」

今日子が声をかける。ユリナはすぐに手を離した。

お仕置きのつもりで辱めたのかと、春華は考えた。彼女が何をしたのか知らないが、素直に白状しないものだから腹が立って。

しかし、そうではなかったらしい。

「ふうん。パンツはちゃんと女の子のものを穿いてるのね」

お嬢様が悪びれもせずに言い放ち、春華はきょとんとなった。どうして当たり前のことを言うのかと思ったのだ。

「え、どういうこと?」

同じく妙だと感じたらしく、郁美が問いかける。

「だって、この子――長谷部真琴クンは男の子だもの」

予想もしなかった指摘に、他の三人は「えーっ!」と声を揃えた。

2

(この子が……男の子?)

あまりのことに言葉を失いつつ、春華は真琴をまじまじと見つめた。

椅子に腰掛けた彼女——彼（？）は、力なくうな垂れていた。あたかも観念したというふうに。何も反論しないということは、事実なのか。

だが、肌が綺麗で線も細い。さっき目にした下半身も、男っぽくゴツゴツした感じや筋肉質なところがまったくなかった。

何より、メイクの効果もあるのだろうが、こんなにも可愛らしいのだ。

「——ウソでしょ？」

間があって、郁美が疑問の声を発する。彼女も信じられなかったようだ。

しかし、今日子は頭から疑ったりせず、真琴に近づいた。俯《うつむ》いた美貌をまじまじと覗き込み、染めた形跡のない黒髪に鼻を寄せて匂いを嗅ぐ。さらに、耳の後ろあたりも。

「うーん、普通に女の子のいい匂いだけど、ほんのちょっとだけ違う感じがあるかも」

「え、そうなんですか？」

郁美も興味を示し、先輩と同じ行動をする。そして、「あっ」と小さな声を洩らした。

「どうしたの?」

今日子が訊ねる。

「えと……隼人さんのオチンチンを嗅いだときと、似た感じがしたんです」

「匂いが似てるの?」

「そうじゃなくて、オチンチンを嗅いだときにヘンな気持ちになって、すごくドキドキしたんですけど、それと似たような気分になったんです」

あのとき、洗っていないペニスを嫌悪していたように見えたが、あれは胸の高鳴りを誤魔化すためだったのか。

「つまり、オトコのフェロモンに惹かれたわけね」

納得したふうにうなずいた今日子が、いきなり真琴の胸元をむんずと掴む。

「キャッ」

美少女はとっさに両腕で庇《かば》ったものの、すでに遅かった。なだらかなふくらみを、乱暴にモミモミされてしまう。

「うん。これ、おっぱいじゃなくてパッドだね」

簡単に見抜き、今日子が手をはずす。真琴は打ちのめされた様子でうな垂れた。

(じゃあ、本当に男の子なの？)

春華はまだ信じられない気分であった。それに、もうひとつわからないことがある。

(ユリナ先輩は、どうしてわかったんだろう？)

今日子や郁美のように、匂いを嗅いだわけではなさそうだ。いきなり転ばせ、ここまで連れてきたところを見ると、前々から見抜いていたようである。

「さあ、認める？　これ以上シラを切るのなら、パンツを脱がしてペニスを見せてもらうわよ」

ユリナの脅しに、彼女はとうとう屈した。

「……はい。ワタシ――ボクは男です」

白状し、クスンと鼻をすする。細い肩が震えていた。

「ふうん。これがオトコノコっていうやつなのか。初めて見たわ」

郁美がつぶやく。「男の娘」と書くのだと、春華も知っていた。

(郁美先輩も知ってたなんて……)

根っからの体育会系で、そういうオタクっぽい造語とは無縁だと思っていたから、意外であった。ただ、性的な好奇心と知識は旺盛のようだから、そっちのほうを学ぶ中で得た知識かもしれない。

ユリナは膝をつき、女装少年を見あげた。打って変わって優しい声で訊ねる。

「どうして女の子の恰好《かっこう》をしているのか、教えてくれない？　まさか、ウチの女子学生たちに悪さをするために、入り込んだわけじゃないわよね」

「ボク、そんなことしません」

「だったら、どうして？」

エプロンの上で拳《こぶし》を握りしめた真琴が、仕方なくというふうに話しだす。高校時代、イジメに遭ったことを。

「ボク、見た目が女みたいだからってからかわれて、それがどんどんエスカレートしていったんです。そのせいで学校に行けなくなって……結局、高校は退学しました」

「誰も守ってくれなかったの？　真琴クンって可愛いから、女の子の人気が高そうだけど」

「高校は男子校だったんです」

「ああ、そうなんだ。でも、どうして男子校に入ったの？」

「実は女の子が苦手で……中学のとき、ボクのことを見た目だけで判断して、キャーキャー騒ぐ子がいたから、男だけのほうが気楽かなと思って」

なのに、高校では同性に苛《いじ》められたというのか。完全に裏目に出てしまったわけである。

「女の子が苦手なのに、どうして女子大の学食でアルバイトをしてるの？」

「高校で苛められたから、今度は男子がイヤになって……それに、女子も大学生になれば落ち着いて、中学生みたいに騒がないだろうし」

「じゃあ、女装してるのはどうして？」

「女子大だから、男は雇ってもらえないし」

「ああ……」

なるほどというふうにうなずいたユリナであったが、まだ納得できないところがあったようで、質問を続けた。

「高校のイジメって、どんなことをされたの？」

「それは──」

明らかに言いたくなさそうであったが、ユリナがしつこく促すと、真琴は渋々打ち明けた。

「ズボンを脱がされたりとか。あと、パンツも」

「ペニスもさわられた？」

「……ちょっとだけ」

女子がいないものだから、男の子たちの性的関心を集めてしまったらしい。

(アメリカの刑務所だと、新入りの若い子はオカマを掘られるっていうものね)

海外ドラマで得た知識を思い出す。男子校も刑務所と似たようなものではないのかと、春華は偏見じみたことを考えた。

だとすると、性器をさわられたぐらいで済んだのは、むしろ幸運だったのかもしれない。本人には、さすがに言えなかったが。

「そっか。そこまでされたら、学校に行けなくなるのも当然よね」

ユリナが共感を込めてうなずく。認めてもらって感激したのか、顔をあげた真琴は今にも泣き出しそうであった。

「真琴っていうのは本名なの？」

「はい。マコトって、男にも女にもある名前だから、それもからかわれました」

「だけど妙よね」

「え？」

「女みたいだって苛められたのに、どうして女の子の恰好をしているの？」

「それは――男だと雇ってもらえないから」

「本当にそれだけ？」

お嬢様の視線に射すくめられたか、真琴が目を伏せる。何か話しづらい事情があると見える。

「だったら質問を変えるわ。初めて女の子の恰好をしたのはいつ？」

「……学校を辞めたあとぐらいに」

「それって、ウチの学食でアルバイトをするためじゃなかったわけよね。あと、そのときの服はどうしたの？　買ったわけじゃないんでしょ」

「はい……姉さんの服です」

「え、お姉さんがいるの？」

「はい。お嫁にいきましたけど」

真琴の話によると、姉は八つ年上だという。高校で苛められていた弟を励まし、力づけてくれたのだが、そのさなかに結婚し、家を出たそうだ。彼が退学したのは、優しい姉がいなくなった失意のせいもあったようである。

（真琴クンのお姉さんなら、きっと美人よね）

春華はひとりうなずいた。おそらく自慢の姉だったのだろう。そのため、嫁《とつ》いだことによる喪失感は大きかったのではないか。

「ボク、姉さんみたいになりたかったんです」

女装少年が告白する。

ある日、真琴は寂しさにかられて姉の部屋に入り、残された品々に触れて思い出にひたっていた。そのとき、もっと姉を感じさせるものはないかと押し入れも探したところ、高校時代の制服を見つけた。

クリーニングされ、きちんと箱にしまわれていたそれは、防虫剤の匂いしかしなかった。それでも、姉の制服を目にするのは小学生のとき以来であり、懐かしさがこみ上げた。

真琴がそれを着ようと思ったのは、昔から姉に似ていると言われていたからだ。だったら同じ恰好をすれば、姉になれるのではないかと考えた。

そんな気持ちからスカートを穿き、ブレザーに袖を通す。ブラウスはなかったから、自分のワイシャツを代用した。

そうしてドレッサーの鏡に映してみれば、そこには高校時代の姉とそっくりな自分がいた。真琴は感動し、寂しさが薄らぐのを感じた。自分はひとりではない、いつも姉と一緒なのだとわかったからだ。

以来、真琴はたびたび姉の部屋に入り、女子高生に変身した。より女の子らしく見えるよう髪を伸ばし、メイクもするようになった。下着は残ってなかったので、それは自分で買った。

そのうち、制服だけではもの足りなくなり、他の洋服も試すようになった。姉のものは地味な普段着しかなかったので、アルバイトでお金を貯めて購入した。

かくして、女装は真琴の趣味というより、生活の一部になっていった。

「てことは、ウチでアルバイトをするために女装したっていうより、女装したまま働けるところを探したっていうのが本当のところね」

「そうですね……」

真琴は力なく認めた。要は趣味を実益に生かしたということか。

「高校は辞めたってことだけど、年齢的には卒業した子たちと同じなの？」

「はい。十八歳です」

「恰好は女の子でも、中身は男の子なのよね？　てことは、ゲイってわけじゃないのね」

「もちろんです。ボクはべつに――」

焦《あせ》って否定しようとした真琴を、ユリナは片手で制した。

「あと、もうひとつ。女装したのはお姉さんと同じになりたかったって気持ちからみたいだけど、それだけ？」

「え、それだけって？」

「女の子になった自分に、昂奮してるんじゃないの？」

これに、女装少年は目を見開いて固まった。

（え、昂奮って？）

春華は訝った。それは要するに、ナルシストということなのか。

しかし、ユリナはそれ以上ドロドロした、男の娘の欲望を見抜いていたようである。

「率直に訊くわね。女の子の姿になった自分に昂奮して、オナニーした？」

この質問に、真琴はひどく動揺した。

「あ、あの——」

何か言いかけたものの言葉が続かず、口をパクパクさせる。明らかに図星をさされたのだ。

「え、そうなの⁉」

郁美が驚きの声を発する。だが、興味津々というふうに目を輝かせたから、その場面を想像したのではないか。

そういう類いのものなら、春華もフィクションで目にしたことがある。エッチなコミックや小説で読んだのだ。

見た目は可愛い女の子なのに、股間にはにょっきりと男のモノが聳《そび》え立つ。自身の背徳的な姿に昂ぶり、強ばりをしごいて身悶える描写に、普通の自慰場面とは違ったあやしいエロティシズムを感じた。

とは言え、そこまで可愛い疑似美少女が、現実に存在するわけがない。あくまでもオタク好みの虚構だから成立するのだと思っていた。

ところが、それこそ理想を絵に描いたような男の娘が、ここにいるのである。春華もつい、イケナイ想像をしてしまった。彼が鏡の前で下半身をあらわにし、女の子になりきって男の子のオナニーに耽《ふけ》るところを。

『あん、ボク、女の子なのに、オチンチンがカチカチになってる。いやあ、キモチいいよぉ』

なんて、はしたない台詞を口走って。

じゅわ——。

恥芯が恥ずかしい蜜をこぼす。春華は焦って両腿をキツく閉じた。今日はジーンズを穿いていたのだが、股の縫い目部分が割れ目に喰い込んで、思わずヒップをくねらせてしまった。

「真琴クン、セックスの経験は？」

ユリナの質問に、真琴は首を横に振った。

「やっぱり童貞なのね。だったら、溜まった精液は、自分で処理するしかないものね」

「ひょっとして、アルバイト中もわたしたちを見ながら、シコシコしてたの？」

今日子に疑いの眼差しを向けられ、彼は涙目で否定した。

「ボク、そんなことしません」

「でも、勃起はしたんでしょ？」

ユリナのストレートな指摘に、美少女——美少年は押し黙った。

「女だけだから油断して、ミニスカートで行儀悪く股を開く子もいるし、どこもかしこも女くさいから、若い男の子にはたまらないわよね」

そこまで言いきるということは、彼女は決定的な場面を目撃したのだろうか。

「実は、真琴クンのこと、最初からヘンだなって感じてたのよ。たしかに可愛いんだけど、普通の女の子とどことなく違っていたから。それで、学食に行ったときに注意して見てたんだけど、それこそ行儀の悪い女子がいたときに顔を赤くしたり、陰でこっそりエプロンの前をさわったりしてたじゃない。あれ、大きくなったオチンチンがバレないように、位置を変えてたんでしょ」

最初から違和感を覚えていたとは、なんて鋭いのか。いかにもお嬢様でおっとりして見えたが、侮《あなど》れないひとである。

「はい……そのとおりです」

真琴は観念しきって認めた。

「でも、べつに悪いことは、例えば覗きをしたとかはありません」

「だけど、トイレは女子トイレに入ったわけでしょ」

「それは……はい」

「覗かなくても、隣の個室に入った子がオシッコをする音は聞こえるでしょ。それで昂奮して、オチンチンをしごいたことはないの？」

「……あります」

簡単に白状したのは、どうせバレたのだからと自棄《やけ》になっていたためか。それとも、ユリナの誘導尋問が巧みだったのか。

「まあ、若いから性欲も有り余ってるんだろうし、それは仕方ないわね。だけど、そもそも男なのに女の子のフリをして働いているのは、かなり問題よね。どんなふうに採用の審査をパスしたのかは知らないけど」

「それは……」

「ただ、女の子の恰好をするようになった理由も理由だから、真琴クンのことをみんなにバラすつもりはないわ」

「ほ、本当ですか？　ありがとうございます！」

感謝の面持ちを見せた男の娘の前で、お嬢様がすっくと立ちあがる。彼を見おろし、静かな声で告げた。

「その代わり、わたしたちの言うことを聞くのよ」

信用ならない相手にそんなことを言われたら、絶対に聞き入れてはならない類いの条件だ。けれど、真琴は年上の女子大生を信じ切っている様子で、「わかりました」とすぐさま受諾《じゅだく》した。

（ユリナさん、ひょっとして――）

彼女が何か企んでいることを、春華は察した。それから、もうひとつ気がついたことがある。

早くから真琴の正体を見破っていたのに、今日になって実力行使に出たのは、やはり兄の隼人を弄んだことが関係しているようだ。あれで男の性を学んだからこそ、こうして新たなモルモットを確保したのではないか。

それもおそらく、ゼミの仲間たちと愉しむつもりで。

「じゃあ、オナニーしてちょうだい。今ここで」

ユリナが凜《りん》と言い放つ。真琴は目を見開いて絶句した。

3

いかにもか弱い美少年に、女子大生たちが見ている前で自慰をしろなんて、あまりに残酷すぎる。命じられた本人でなくても、そのぐらいは容易に理解できたはずだ。

にもかかわらず、ユリナの発言に、他の三人は誰も驚かなかった。また、止めようともしなかった。今日子も郁美も、それから春華も、背徳的な独り遊びを見たいと望んでいたからである。

「ぼ、ボク、そんなこと――」

できないと真琴が断るより先に、お嬢様が交換条件を出す。

「心配しなくてもだいじょうぶよ。わたしたちがオカズになってあげるわ」

「え？」

きょとんとする男の娘を見つめたまま、ユリナが後ろに下がる。演習で使うテーブルにひょいと腰掛けた。

そして、シューズを床に落とし、両足ともテーブルに上げる。

彼女が着ていたのは、ノースリーブで前開きタイプのワンピースだ。カジュアルなものであるが、クリーム色のカーディガンを羽織ることで、清楚な印象を見る者に与えた。

なのにテーブルの上で体育坐りをするなんて、お嬢様にははしたない振る舞いだ。おまけに膝を離して、下着を見せつけるポーズをとったのである。

「見える？　わたしのパンツ」

含み笑いの問いかけに、真琴が息を呑んだのがわかった。

横の位置にいる春華には、ユリナがどんなインナーを穿いているのか見えなかった。だが、女装少年の目が見開かれ、爛々《らんらん》と輝いたから、情欲を煽る眺めであるのは間違いない。

「エプロンをはずして」

真琴は操られるみたいに従った。下着まで見せられたことで、逆らえない心持ちになったのではないか。

エプロンの下は、薄手のヒラヒラしたスカートに、ストライプのシャツだ。可愛いからこそ着こなせるシンプルな装いは、女装を研究し尽くしたからこそではないか。もちろん、働きやすさも考えてなのだろうが。

「スカートもめくって。もうパンツは見られたから平気でしょ」

さすがにそう簡単なことではなかったろう。真琴はためらいをあらわにし、スカートの裾を掴んだところで動きが止まった。

「恥ずかしい？　それじゃ、郁美」

「え？」

「真琴クンに、おっぱいでも見せてあげて」

友人の要請に、体育会系女子が渋い顔を見せる。

「あたしのおっぱい、そんなに大きくないんだけど」

「だったら、おしりでもいいけど」

「まあ、それならいいかな」

郁美は前に進むと、男の娘に背中を向けた。ボトムの前を開き、無造作につるりと剥きおろす。中のパンティもまとめて。

「ほらほら、どう?」

丸みを突きだし、ぷりぷりと振ってみせる。

「ああ……」

真琴は感に堪えないふうな声を洩らし、椅子の上でおしりをくねらせた。

外見は美少女でも、中身は年頃の男の子なのだ。若い娘のナマ尻を見せつけられ、冷静でいられるはずがない。

「ねえ、あたしとユリナがここまでしてるんだから、真琴クンもエッチなところを見せてよ」

郁美が当然の権利だとばかりに要求する。

そこまでする義務などないのに彼が従ったのは、年上の女性に逆らえない性格ゆえではないのか。姉に変身したくて女装を始めたぐらいであり、シスコンの気がありそうだ。

スカートがそろそろとたくし上げられる。それを応援するみたいにナマ尻がくねり、ユリナも脚を大きく開いた。

「さあ、わたしのパンツも見て」

どっちを見ればいいのか、いや、どっちも見たいというふうに、真琴が視線を左右に忙しく動かす。そのため、下半身への意識が疎《おろそ》かになったようで、スカートが大きくめくられた。

そこらの女子大生にも負けない、すらりとした美脚が全貌を晒す。

（あ——）

春華は洩れそうになった声を呑み込んだ。さっきも目にした桃色パンティの中心が、明らかに隆起していたのだ。

男である証拠をあからさまにされ、けれどそのせいで興を殺《そ》がれることはなかった。むしろ愛らしい顔立ちと、股間の禍々しさのギャップにそそられ、目が釘付けになったほどである。

「ふふ、やっぱり勃起してたのね」

ユリナが含み笑いで言う。真琴は「あっ」と声をあげ、昂奮状態の分身をスカートで隠そうとした。

それより早く、身を翻《ひるがえ》した郁美が躍りかかる。薄布を突きあげる陽根を、ギュッと握り込んだ。

「ああっ」

女装少年がガクガクと身をはずませる。高校時代に、同性から悪戯されたことはあっても、異性にさわられるのは初めてなのだ。

「わ、かったーい」

郁美が嬉しそうに報告する。手指にニギニギと強弱をつけて。

「だ、ダメ……」

「ほら、ギンギンになったオチンチンを見せなさい」

体育会系だけあって、郁美は強引だった。真琴が抵抗しても有無を言わせず、可憐《かれん》な下着を奪い取る。もちろん、スカートを下ろすことも許さなかった。

（もう、郁美先輩ってば）

春華は目のやり場に困った。彼女はおしりをまる出しにしたままで、それがまともに向けられていたのである。ぱっくり開いた谷底に淫靡な佇《たたず》まいが覗き、無性にドキドキさせられた。

しかし、幼い眺めのペニスがあらわになり、そんなことはどうでもよくなる。にょっきりと聳え立つ若茎は、ナマ白かった。包皮も完全に剥けておらず、亀頭の裾野に引っかかっている。

そして、先端に覗いた粘膜は、痛々しいほどに赤かった。

「え、生えてないの？」

今日子が驚いて目を瞠る。彼の下腹には、陰毛が一本もなかったのである。

「剃ったんでしょ。女の子のパンツは小さいから、はみ毛をしないように」

ユリナが断定すると、真琴が否定することなく下唇を噛んだ。どうやら本当に剃毛《ていもう》したらしい。

ただ、実利を取ったというより、単純にそのほうが可愛いからという理由ではないだろうか。もともと体毛も薄そうだし、毛穴も目立たない。わざわざ剃らなくても、陰毛が下着からはみ出すことはなかったであろう。

事実、いたいけでいやらしい眺めに、春華はときめいていたのである。

「ちょっとさわらせてね」

目の前の獲物に、手を出さずにいられなかったらしい。郁美が屹立を直に握る。途端に、細腰がビクンとわなないた。

「うん、隼人さんのほうが大きいけど、硬さは真琴クンの勝ちかな」

この場には不必要な比較に、春華は我知らず顔をしかめた。第三者のいるところで、兄の名前を出してほしくなかったのだ。たとえ、真琴には誰なのかなんてわからないにせよ。

「え、そうなの？」

ユリナが友人に確認する。

「うん。小さいぶん、しっかり詰まってカチカチって感じ」

そんな批評を耳に入れる余裕もなさそうに、女装少年はハァハァと息づかいを荒くした。身をよじり、太腿の筋肉を強ばらせる。

「郁美、そのぐらいにして。射精したら、オナニーができないじゃない」

「あ、ごめん」

強ばりから指がはずされ、真琴が安堵したように息をつく。だが、どこか残念そうでもあったから、年上の女性にイカされたかったのか。

「さ、オナニーしなさい。パンツだけじゃもの足りないだろうから、おまんこも見せてあげるわ」

ユリナがパンティのクロッチに指を引っかけ、横にずらしたようである。彼がそこに目を向けるなり、健気《けなげ》な牡器官がビクンとしゃくり上げた。

「ユリナってば、よくやるよね。じゃあ、あたしも」

郁美も慌ただしく下半身すっぽんぽんになると、大股開きでパイプ椅子に腰掛けた。しかも二本の指を中心に添え、恥割れまで開く。

「ほら、あたしたちのマンコを見て、シコシコするのよ」

命じられたからというより、そうせずにいられなかったのだろう。真琴は自身の漲り棒を握り、慌ただしくしごきだした。悩ましげに眉根を寄せ、小鼻もふくらませたから、女子大生たちの秘苑が漂わせる、なまめかしい匂いも嗅いだのではないか。

（あん……すごくいやらしい）

春華は恥芯が疼くのを感じながら、健気な自慰に見入った。さっき密かに想像した、女装美少年の痴態が繰り広げられているのだ。

ただ一点を除けば、完璧に女の子なのである。だが、その一点――生々しい牡の性器が、彼女の印象をこの上なく卑猥なものに変えていた。

「あ――うぅ」

こぼれるハスキーな喘ぎ声も、とても少年のものとは思えない。完全に少女になりきって、情感がこもっていたからだ。歓喜に蕩ける表情も切なげで、幼いエロティシズムを振り撒いている。

女の子でありながら、同時に男の子。性を超越した存在ゆえ、いやらしさも二倍増し以上であった。

そんなふうに感じているのは、先輩たちも一緒のようだ。

「すごいわ……」

今日子がつぶやく。悩ましげに身をくねらせ、ほうとため息をついた。

せわしなくこすられる牡幹は、上下する包皮に見え隠れする亀頭が、いっそう紅潮していた。先走り液がまぶされ、粘膜をヌラつかせる様は、内臓みたいな生々しさがある。

秘められた部分を晒した三年生のふたりも、猛々《たけだけ》しいシンボルに見入っていた。郁美が呼吸をはずませ、時おりピクンと上半身を揺らすのは、恥芯に添えた指で敏感なところをまさぐっているためではないのか。

「すごくエッチなオナニーね。わたし、濡れてきちゃった」

ユリナが熱っぽい口調で告げる。偽装少女の目も、潤った華芯を捉えたのか、手の上下運動が速まった。

「あ、ああ、もう──」

ハッハッと息を荒ぶらせ、真琴が顔を歪める。絶頂が近いのだ。

「いいわよ。イキなさい。白いのをいっぱい飛ばして」

お嬢様に許可を与えられ、彼は脚を大きく開いた。めり込みそうに持ちあがった玉袋も晒し、のけ反って膝をガクガクさせる。

「ああ、ほ、ホントにイキます。出ちゃう。出るぅ」

ハスキーだった声が、オルガスムスによって甲高《かんだか》いトーンに変化する。いっそう女らしさを増したよがり声をお姉様たちに聞かせ、真琴は濃厚な白濁汁を勢いよく放った。

びゅるンッ――。

緩やかな放物線を描いたそれが、落下してピチャッとはじける。続けてほとばしったものはさらに飛距離をのばし、淫らな模様を床に描いた。

その間、女装少年は「あふ、はうぅ」と喘ぎながら、分身を摩擦し続けた。

（やっぱり、出ているときにシコシコするのが気持ちいいのね）

兄のモノを頂上に導いたとき、春華は本能的に察して、射精ペニスをしごきつづけたのである。あれは間違っていなかったのだ。

すべて出し終えると、真琴はがっくりと肩を落とした。深い呼吸を繰り返し、なおも若茎をゆるゆると刺激する。女の子みたいに柔らかそうな、太腿の筋肉をピクッ、ピクンと痙攣させながら。

（出ちゃった……いっぱい――）

春華はコクッとナマ唾を呑んだ。栗の花に似た青くささが鼻先をかすめ、いっそう淫らな心持ちになる。このままでは、どんどんはしたない女になってしまいそうだ。

けれど、もう後戻りはできない。

4

床に飛び散った精液を拭い取り、先走りと白濁液で濡れた女装少年の指も、控室の備品であるウエットティッシュで清めてあげる。

「すみません……」

四人のお姉様たちから甲斐甲斐しく世話をされ、真琴が恐縮する。もっとも、自慰を無理強いしたのはこちらなのである。彼が謝る筋合いはない。

「さ、こっちに来て」

ユリナは彼を立たせると、テーブルに寝るよう促した。

「え、ど、どうしてですか？」

「お股を綺麗にしなくちゃいけないのに、椅子に坐っていたらやりにくいもの」

真琴が素直に従ったのは、その言葉に納得してではないのだろう。命じられたとおりにオナニーまでして、女性の秘めた部分も見せてもらえたのだ。さらにエッチな施しをしてもらえるものと、期待したからに違いない。

テーブルに素早くあがると、彼は気をつけの姿勢で仰向《あおむ》けになった。

「いい子ね」

ユリナはにっこり笑い、スカートをめくり上げた。

恥ずかしいところがあらわにされると、さすがに女装少年は恥じらい、身を縮めた。そんなしぐさもたまらなく愛らしい。しかし、股間に存在するのは紛れもなく牡の生殖器なのである。

満足を遂げたペニスは縮こまり、亀頭はナマ白い包皮に覆《おお》われていた。それこそ小学生の頃に見た、兄のそこととほとんど変わらない。

「剃ったにしては、跡が全然ないね」

少年の陰部をしげしげと眺め、郁美が感心する。

「もともと薄いんじゃない？　脚もすごく綺麗だし」

そう言って、今日子が見るからにスベスベした美脚を撫でる。真琴がくすぐったそうに、腰を左右にくねらせた。

「性器は毛がないほうが可愛いし、エッチな感じですよね」

そう言って、縮こまった若茎をユリナが二本の指で摘まむ。ぷらぷらと振るだけで、真琴の呼吸がはずんできた。

「あ――くぅう」

もっとしてと無意識にせがんだのか、腰が浮きあがる。ヤングコーンみたいだった牡器官が、ムクムクと膨張を開始した。

「え、もう?」

ユリナは驚いて目を瞠りながらも、指を動かし続けた。

包皮が後退し、先っちょの粘膜が顔を覗かせる。ふくらむほどに赤みを著しくし、露出面積を大きくした。

そして、十秒も経たずにピンとそそり立つ。

「男の子ってすごいよね。あんなに可愛いオチンチンが、こんなに大きくなるんだもの」

今日子の言葉に、他の三人も共感してうなずいた。

「だけど、皮はしっかり剥かなくちゃダメですよね」

勃起しても亀頭の裾野に引っかかっていた包皮を、お嬢様のしなやかな指が押しさげる。くびれがあらわになった瞬間、真琴が切なげに顔をしかめたから、いつもはそこまで剥いていないのかもしれない。

(先っぽは敏感みたいだものね)

春華だって、常にクリトリスが剥き出しだったら、パンティにこすれて歩けないであろう。

「あら？」

ユリナが目を見開く。何か見つけたのか、手にした強ばりに顔を近づけた。

「ほら、ちゃんと剥いてないから、ここに白いカスが付いてるわよ」

「え、どれどれ」

郁美も覗き込み、「あ、ホントだ」と声をあげた。

「これ、恥垢《ちこう》ってやつでしょ」

その名称は、春華も知っていた。女の子だって性器をきちんと洗わないと、ミゾの隙間やクリトリスの周りに白い垢《あか》が溜まるのだ。

「ペニスの皮はしっかり剥いて、この段差のところも綺麗にしておくのよ。放ってておくと、病気になることだってあるんだからね」

ユリナのお説教に、真琴は神妙な面持ちでうなずいた。処女なのに、そこまで男性器のことを知っているなんて。

（きっとたくさん本を読んでいるんだわ）

今の知識も、官能小説で得たのであろうか。

ウエットティッシュでくびれを拭われ、女装少年が「うう」と呻いて身悶える。敏感なところである上に、普段から包皮でカバーされていたのだ。かなり強烈な刺激なのは間違いあるまい。

ただ、快感もかなりのものだったらしい。若い秘茎がいっそう膨張したように見えた。ビクンビクンと、今にも射精しそうな脈打ちを示す。

「あ、ああっ、ダメ」

本当にイキそうになったらしく、真琴が泣きそうな顔で身をよじる。それでもユリナは容赦せず、こびりついていた恥ずかしい垢をすべてこすり取った。

「さ、綺麗になったわよ」

濡れ紙が敏感な肉器官からはずされる。粘膜部分はいっそう赤みを帯び、痛々しいほどであった。

「はあ……ハ──はふ」

胸を大きく上下させる男の娘は、爆発を回避できて安堵した面持ちながら、どこか残念そうでもあった。また精液を出したかったのかもしれない。

もちろん、これでおしまいではないのだ。

「すごく硬いわ」

屹立の根元を握り、ユリナが目を潤ませる。普段とは異なる、やけに色っぽい面差しは、明らかに何かを求めていた。

「ねえ、まだ出したい？」

誘う口振りで、真琴に訊ねる。

「は、はい」

「普段は、一日に何回ぐらいオナニーをするの？」

「……二、三回」

見た目は愛らしいのに、性欲はかなり強いようだ。そうすると、女子大でアルバイトをしているのは、自慰のオカズになるものを期待してではないのか。

トイレの個室で、女子大生たちの用足しの音を聞きながら勃起をしごいたのも、たまたまではなさそうだ。

「それじゃあ、まだまだし足りないわね。だったら、このまま手で出されるのがいい？　それとも――」

ユリナが思わせぶりに目を細める。

「おまんこの中に出したい？」

これには、真琴ばかりかゼミの仲間も、驚きを隠せなかった。

「え、ユリナちゃん、まさか」

今日子が皆まで言わずとも、彼女はあっさり認めた。

「わたし、こういう可愛い男の子にバージンをあげたかったんです」

女子校出身ということもあり、女の子同士のエッチを経験してきたのである。女装美少年は、まさに理想的な初体験の相手と言えるだろう。

「真琴クン、どうする？」

いかにもお嬢様という年上の女子大生が、初めてを捧げてくれるというのだ。断る男などいるはずがない。

「ぼ、ボクも、お姉さんとしたいです」

真琴は頭をもたげて訴えた。女の子の恰好をしていても、セックスを体験したいのは一般的な男子と同じようだ。

「うふ、ありがと」

笑顔を見せたユリナが、いきなり顔を伏せる。綺麗にしたばかりの童貞ペニスを口に含み、チュッと吸いたてた。

「くはッ」

真琴が喘ぎの固まりを吐き出し、両膝を曲げ伸ばしする。顔を歪め、懸命に快感と闘っている様子なのは、せっかくの初体験を前に爆発するわけにはいかないからであろう。

（ユリナ先輩、郁美先輩が先に体験したから、焦ってるのかしら？）

大胆な振る舞いを、春華はそう推察した。さんざんな結果に終わったとは言え、同じ学年の友人が、後輩の兄を相手に処女を捨てたのである。

その現場を目撃したから尚のこと、彼女は遅れを取れない気になったのではないか。郁美が見ている前でペニスをしゃぶったのも、対抗心からであると思えてならなかった。

「ふう」

ユリナが口をはずし、ひと息ついて唇を舐める。射精したらまずいとわかっているから、早々にやめたようである。

「ペニスって、こんな味なのね」

つぶやいて、うっとりしたふうな面差しを浮かべる。ウエットティッシュで拭ったから、味などほとんどしないと思うのだが。

もっとも、尖端《せんたん》の切れ込みに、透明な雫が盛りあがっている。粘っこいそれの舌ざわりと味を、堪能したのかもしれない。

ユリナはワンピースをたくし上げると、内側に両手を入れた。レースで飾られたおしゃれなパンティを脱ぎおろし、ポケットにしまう。

「それじゃ、交代しましょ」

真琴と入れ替わって、彼女がテーブルに上がった。

(ユリナ先輩、本当にするんだ……)

先輩の初体験を目の当たりにするのは、これでふたり目だ。ゼミに入ってから、まだ日が浅いというのに。

テーブルをベッド代わりにするのかと思えば、ユリナは縁のギリギリまでヒップをずらし、両膝を抱えた。すでに下着を穿いていないから、スカートがめくれて秘苑が丸見えになる。

春華もその部分を視界に捉えた。

お嬢様らしく色白なのはわかっていたが、下半身は特に白さが際立つ。陰部もほんのり肌の色が濃くなっているぐらいで、チラッと見えるアヌスまわりも含めて、色素の沈着は薄かった。恥毛も細くて柔らかそうなものが、ヴィーナスの丘にぽわぽわと萌《も》える程度だ。

そのため、肉まんに切れ込みを入れたような佇まいが、鮮烈な光景として目に焼きついた。

（綺麗だわ……）

他人の女性器にそんな感想を抱いたのは、初めてではないか。まあ、そもそも見ること自体、まれなのであるが。

「これなら立ったまま挿れられるでしょ」

彼女に言われて、真琴は息を詰めた面差しでうなずいた。欲望をあからさまにした視線は、真っ直ぐ剥き出しの女芯に注がれている。

「あの……ボクも舐めていいですか？」

申し出に、ユリナはびっくりしたように目を見開いた。

「舐めるって、おまんこを？」

「はい」

「いいけど……洗ってないからヘンな匂いがするわよ」

「かまわないです」

「それじゃ、ペニスが挿れやすいように、いっぱい濡らしてちょうだい」

「わかりました」

真琴が身を屈め、あらわに晒された恥芯に顔を寄せる。ここまで大胆にリードしてきたお嬢様も、さすがに頬を赤く染めた。

「ねえ、くさくない？」

口をつけられる寸前に問いかける。

「いいえ、全然。とってもいい匂いです」

言われて、ユリナは狼狽《ろうばい》した。

「そ、そんなわけないでしょ」

この反応に、口を挟んだのは今日子であった。

「あら、ユリナちゃんだって、わたしの洗ってないアソコを舐めて、いい匂いだって言ったじゃない」

逆襲され、何も言えなくなったお嬢様であったが、

「きゃンッ！」

仔犬《こいぬ》みたいな悲鳴をあげ、全身をはずませる。真琴が恥割れに口をつけたのだ。

チュッ……ぴちゃぴちゃ――。

舌づかいの音がかすかに聞こえ、それをかき消すようにユリナが喘いだ。

「あ、ああ、感じる」

彼女が半泣きの顔で悦びの声をあげる。女同士の交歓で、クンニリングスはするほうも、されるほうも経験済みだったのだろう。もっとしてとせがむみたいに、膝をいっそう深く抱えた。

下半身をまる出しで、男の娘に口淫奉仕をさせるなんて。お嬢様のあられもない姿に、春華は胸のドキドキが高まるばかりだった。

（ユリナ先輩、気持ちよさそう）

今はスカートが戻って、真琴はペニスをあらわにしていない。そのため、ふたりの戯れは淫らなレズシーンに映る。

「もう……」

今日子が腰をくねらせ、焦れったげな声を洩らす。自分がされたときのことを思い出し、たまらなくなっているのではないか。

そして、いよいよ我慢できなくなったふうに、真琴のすぐ後ろに膝をついた。スカートを腰までめくり上げ、くりんと丸いおしりをあらわにさせる。

「うう……」

彼は小さく呻いたものの、身をよじったぐらいで抵抗しなかった。

今日子は手を前にまわし、牡の漲りを握った。けれど、ニギニギするだけでほとんど動かさない。ウエットティッシュで拭われただけでイキそうになったのだ。愛撫したら射精する恐れがあると、わかっているのだろう。

代わりに、彼女がターゲットにしたのは、ジャガイモみたいな陰嚢であった。

「キンタマも可愛いのね」

はしたない言葉を口にして顔を寄せ、小鼻をふくらませる。ペニスは清めたが、そちらには汗の匂いが残っていたのか、悩ましげに眉根を寄せた。

そして、ためらうことなくシワのフクロにキスをする。

「んふッ」

真琴が鼻息をこぼし、おしりをくねらせた。

今日子は牡の急所を舐め、口に含んでいるようだ。その部分は見えなくても、かすかに聞こえる吸い音でわかった。

「むふッ、う――ンぅぅ」

クンニリングスを続けながらも、女装少年が身悶える。兄の隼人は、そこを撫でられるなり射精したのだ。性感帯なのであり、しゃぶられたらもっと快いのは想像に難くない。

「あひっ、あ、はあああ」

ユリナのよがり声が大きくなる。快感を与えられる真琴の舌づかいが、慌ただしくなったのではないか。

今日子が牡の急所から口をはずす。うっとりしたふうに息をついてから、

「おしりの穴も可愛いのね」

すかさず、尻の谷底にくちづけた。

「むふふぅ」

抗うように尻を振り立てた真琴であったが、程なくおとなしくなる。双丘をくすぐったそうにすぼめ、お肉をピクピクと痙攣させた。

(え、感じてるの?)

春華は目を瞠った。色っぽい女子大生にアヌスを舐められ、彼は愉悦を覚えている様子なのだ。

兄を手で射精に導いただけで、自身は何もされたことのない春華である。排泄口が快感ポイントであることは、俄《にわか》には信じ難かった。

ただ、チラッと見えたそこは可憐な佇まいで、舐めろと言われれば抵抗なく口をつけられたであろう。それによって悦びを与えられるかどうかはともかく。

(あ、でも、男の子同士でエッチをするときって、オチンチンをおしりの穴に

挿れるんだものね）

男と男の恋愛を描いた、ボーイズラブというジャンルがある。春華はコミックも小説も読んだことがあった。もちろんそれらはフィクションだが、肛門を犯されてよがる美男子にドキドキさせられた。

真琴も本に登場したキャラクターと同じように感じている。やはりアヌスが性感帯なのか。ユリナが「あんあん」と声をあげて乱れるのも、秘肛舐めの影響でクンニリングスがねちっこくなっているために違いない。

「うわ、すっごくエロい」

郁美が感に堪えないふうにつぶやく。彼女はさっきから下半身を脱いだままで、見ると、右手を股間に挟んでいた。無意識に敏感なところをまさぐっているようである。

（もう、みんなして……）

今回もひとり取り残された春華であったが、さすがにオナニーを始めるところまで理性を捨てきれなかった。パンティのクロッチは、秘部に張りつくほどじっとり湿っていたけれど。

「も、もういいわ」

ユリナが荒ぶる息づかいの下から声をかける。真琴が秘部から口をはずすと、今日子も彼のおしりから離れた。

「さ、挿れてちょうだい」

「はい」

女装少年がからだを起こす。邪魔だと思ったのか、スカートを床にはらりと落とした。下腹にへばりつかんばかりに反り返る若茎は、亀頭粘膜が先走りでヌルヌルだ。

テーブルは、立って挿入するのにちょうどいい高さである。真琴は肉の槍を前に傾けると、濡れてほころびた恥芯に穂先をあてがった。

「もうちょっと下……そう、そこ」

言葉で導かれ、いよいよというところで郁美が「あ——」と声を洩らした。何か言おうとしたようであったが、口をつぐむ。

おそらく、本当にするつもりなのか確認したかったのではないか。自身が破瓜の激痛に見舞われたものだから心配して。

けれど、ここは友人の意志を尊重することにしたらしい。

「いいわよ。来て」

促され、いささか緊張の面持ちを見せながらも、真琴が前に進む。

「つ――」

ユリナが顔をしかめたのも目に入らなかったのか、ふたりの股間がぴったり重なった。

（え、入ったの？）

春華は気になったが、さすがに結合部を覗き込むなんてできなかった。

「あァン」

真琴が剥き身の尻をブルッと震わせ、感動の声を洩らす。挿入が遂げられたのは間違いなさそうだ。

「だいじょうぶ、ユリナ？」

「ええ、平気よ」

郁美が問いかけると、処女を喪失したばかりのお嬢様が笑みを浮かべた。

「痛くないの？」

「ペニスが入ったとき、ちょっとピリッとしたぐらいだったわ」

それこそユリナのほうが、処女膜が磨滅していたのか。あるいは、もともと粘膜が柔軟だったのかもしれない。

「だったらいいんだけど」

安堵の面持ちを見せながらも、郁美は羨ましそうだった。痛みがなかったのもそうだが、ユリナが早くも快さそうにしているからであろう。

「真琴クンのが、わたしの中で脈打ってるわ」

悩ましげに言い、うっとりした表情の男の娘を見あげる。

「動いていいわよ」

「で、でも」

彼がためらいを示したのは、抽送《ちゅうそう》したら爆発しそうだったかららしい。

「イキそうなの？　いいわよ。おまんこの中に精液をいっぱい出して」

淫らな要請に、劣情が煽られたようである。

「わかりました」

真琴が腰をそろそろと引き、元の位置に戻す。

「はうう」

ユリナが悩ましげに喘いだことで、腰づかいに迷いがなくなる。挿れているところが見えるから、初めてでも迷いなく行為が進められたようだ。

「元気ね……硬いペニスが、深いところまで来てるわ」

露骨なことを口にして、ユリナが艶っぽく声をはずませる。

「あ、あ、あん」

控え目な反応でも、充分に煽情的《せんじょうてき》であった。これが初体験の少年が、早々に頂上へ向かったのも無理はない。

「あ、あ、ダメ、イキます」

真琴がハッハッと息を荒くし、腰の動きが乱れる。歓喜にまみれ、美少女から牡へと変貌した彼は、本能のままに女芯を突きまくった。

「ああ、あっ、それいいッ」

あられもない声をあげたユリナに、勢いよく腰をぶつけたところで、女装っ子がオルガスムスに至る。

「む――むふッ、ううう」

呻いて、剥き出しの臀部《でんぶ》をビクッ、ビクンと震わせた。

（イッたんだわ、真琴クン……）

春華は無意識のうちに、自身の胸を強く抱き締めていた。温かな潤みが、膣からトロッと溢れるのを感じながら。

「くはっ、ハッ、はふ」

肩で息をする真琴を見あげ、ユリナが慈しむように目を細める。彼と繋がったまま、テーブルの上でからだを起こして向かい合った。

「ありがと」

それは処女を奪ってくれたことに対するお礼だったのだろう。さらに、せわしなく息をこぼす半開きの唇に、軽くキスをした。

「あ──」

驚いて目を見開いた男の娘に、ますます愛しさが募ったのか、ユリナは再び唇を重ねた。舌は入れなかったようながら、顔を傾けてチュッチュッと吸いあう。初体験を終えたばかりの男女のはずが、それは背徳的なレズシーンに映った。

「ねえ、次はわたしよ」

突然、別の者が名乗りを上げる。今日子だった。

「え、今日子さんもするんですか？」

郁美が目を丸くしたのも当然だろう。彼女は春華の兄としようとして、寸前で逃げたのだ。

「わたし、真琴クンとならできそうな気がするわ」

見た目も愛らしいし、ペニスも幾ぶん小ぶりだ。何より、ユリナが苦もなく処女を散らしたことで、勇気が出たのであろう。

「いいですよ。交替しましょ」

ユリナがあっさり了承したものだから、真琴は戸惑いを残しつつ離れた。力を失った秘茎が膣から外れ、それを追うように白濁の粘液が滴り落ちる。

今日子は彼の前に、いそいそと膝をついた。

「わたしもしゃぶってあげるわ」

男女の淫汁にまみれているのも厭《いと》わず、うな垂れた牡器官を口に含む。

ちゅぱッ——。

軽やかな舌鼓が打たれるなり、真琴が「はうう」と呻いて腰を折る。今にも坐り込みそうに膝をわななかせた。

その光景を眺めながら、ユリナがテーブルから降りる。ウエットティッシュで秘部を拭い、スカートをおろしてふうとひと息ついた。

「郁美ってば、いつまでそんな恰好をしてるの？」

同学年の友人が下半身すっぽんぽんでいることに気がついて、眉をひそめる。

「ああ、えと」

郁美は気まずげに目を伏せたものの、脱いだ下着やジーンズを穿こうとしなかった。未練がありそうに、裸の腰をモジモジさせる。

(郁美先輩も、真琴クンとエッチがしたいのかしら)

あのとき、もう二度としないと宣言したものの、ユリナたちの行為に煽られて気が変わったのか。しかし、視線はフェラチオをされて身悶える真琴に向いておらず、何をしたいのか自分でもよくわからない様子である。

ただ、さんざんいやらしいところを見せられて、肉体が疼いているのは確からしい。そのせいで、下着を穿く気になれないと見える。

「……しょうがないわね」

やれやれというふうに肩をすくめたユリナも、友人の内心を見抜いたのか。手を取って、そばのパイプ椅子に坐らせた。

「脚を開いて」

「え、なに？」

「わたしが気持ちよくしてあげるわ」

その言葉で、郁美は何をされるのか察したようである。

「そ、そんなこと――」

ためらいをあらわにしながらも、促されるまま脚を大きく開く。ユリナは両腿を肩に担ぐと、友人の秘苑に顔を埋めた。

「くぅうーン」

郁美がのけ反り、裸の下半身をワナワナと震わせる。女同士の口淫奉仕を目にして、真琴も驚愕をあらわにした。

もっとも、昂奮も著しかったようで、ペニスが復活を遂げる。

「ぷは――」

強ばりきった若茎から口をはずし、今日子が淫蕩《いんとう》な笑みを浮かべた。

「それじゃ、しよ」

下半身のものをすべて脱ぎ捨てる。テーブルに上がり、さっきのユリナと同じポーズを取った。

「硬いオチンチン、すぐに挿れて。もういっぱい濡れてるから」

ここまでの乱れきった展開に煽られ、蜜苑はすでに潤っているらしい。真琴のほうも我慢できなかったようで、年上の美女に挑みかかった。

「つうぅううっ!」

今日子がのけ反り、鋭い悲鳴をほとばしらせる。それでも恐れたほどの痛みではなかったのか、両脚を牡腰にしっかりと絡みつけた。絶対に離すまいとするかのごとく。

ゼミ室に、艶めいた声が間断なく流れる。春華はその場に立ち尽くし、ふた組の交歓を茫然と眺めるのみであった。

第四章　倒錯のロストバージン

1

「あ、春華さん――」

講義を終えた帰り、声をかけられて振り返ると、愛らしい少女が笑顔を見せていた。もっとも、正確には少女ではない。

「ああ、真琴クン、アルバイトは終わったの？」

彼女――彼は女の子の恰好をしているけれど、れっきとした男の子なのだ。

「ちょっと、『クン』はやめてくださいよ」

真琴が焦りを浮かべ、周囲を見回す。幸いにも、こちらに注意を向けている学生はいなかった。

「ああ、ごめん。ええと、真琴ちゃん」

言い直したものの、どうもしっくりこない。

「ねえ、マコちゃんでいい?」

「はい。ワタシもそのほうが可愛くて好きです」

ニッコリ笑った彼女――彼は、とても男とは信じられない。股間の猛々しいシンボルを目撃したあとなのに。

とは言え、あれは先週の出来事なのだ。時間が経過したために現実感が薄らぎ、夢に見たような気分に陥ることもあった。

けれど、春華の目の前で、ふたりの先輩がロストバージンをしたのは紛れもない事実だ。この男の娘を相手に。

今日の真琴は、ピンク色のゆったりしたパーカーに、黒のミニスカートを穿いている。ソックスは膝の上まである長いもので、スカートとのあいだに覗く太腿がやけにセクシーだ。

「春華さんは、もう授業が終わったんですか?」

「そうよ。これから帰るところ」

「ワタシもです。さっきバイトが終わって」

その答えを聞くなり、春華はほとんど反射的に誘いの言葉をかけていた。

「だったら、ウチへ遊びに来ない？　この近くなの」

「え、いいんですか？」

「ええ。マコちゃんとは、一度ゆっくりおしゃべりしたかったのよ。もっと仲良くなりたいから」

「わあ、うれしい。ワタシも女の子の友達がほしかったんです」

明るく声をはずませた真琴に、春華の頬も自然と緩む。兄とふたりで住むマンションを目指し、ふたりは歩き出した。

「あ、そう言えば――」

何か言いかけた真琴であったが、まずいと思ったのか口をつぐむ。ワケありな話があるらしい。

「え、どうしたの？」

「ええと、あの……」

「わたしたち、お友達でしょ。何でも話してくれなくっちゃ」

そこまで言われたら、彼も秘密にしておけなくなったようである。

「実は昨日、郁美さんともエッチしたんです。あのゼミ室に呼ばれて」

「はい。今日子さんはいなかったんですけど、ユリナさんとふたりを相手にしちゃいました」

「え、ホントに？」

恥ずかしそうに打ち明けられ、春華は複雑な心境であった。

二年生も参加するゼミは、週に一回しかない。春華は他に必修の講義や演習が多くあり、授業のコマはそれらで埋まっている。

三年生と四年生合同のゼミは、週二回と聞いている。それ以外の空き時間にも、三人の先輩たちはけっこうゼミ室にいるようだ。

その場にまた真琴を呼んだという話は、先週末に、たまたま郁美と会ったときに聞いていた。オモチャにして愉しんだということも。

そして昨日、とうとう肉体を繋げたというのか。

「それって、郁美さんからしようって言ったの？」

「はい。でも、初めてのときにすごく痛かったそうで、かなり怖がってたんです。ワタシとユリナさんのふたりがかりで気持ちよくしてあげて、ようやく受け入れてくれました」

「そうだったの……」

「ただ、まだ痛かったみたいで、ワタシはそんなに動けなかったんです」

かなり頑固な処女膜らしい。今後も痛くなくなるまで挑戦するのだろうか。

先々週、ゼミの歓迎会を開いてもらったときには、全員が処女だったのである。ところが、すでに三人が卒業してしまった。ひとりは眠っていた兄の隼人を相手に。もうふたりは、十八歳の女装美少年を誘惑して。

おかげで、春華はひとりだけ置いてきぼりを喰った気分に苛まれていた。

来月には二十歳になる。その前に処女を捨てたいなんて考えていたわけではなかったが、なんとなく焦ってしまう。

とは言え、セックスをするために、真琴を自宅へ誘ったのではなかった。まあ、淫らな好奇心はあったけれど。

マンションの中に招くと、彼はリビングダイニングの広さに感嘆の声をあげた。

「わあ、すごい。いいですね、こんな広々としたところに住めるなんて」

「だけど、ひとりじゃないから」

「ああ、お兄さんといっしょなんですよね」

「え、どうして知ってるの？」

「ユリナさんから聞きました。郁美さんが、春華さんのお兄さんにバージンをあげたことも」

そんなことまで喋《しゃべ》ったのかと、我知らず顔をしかめる。もっとも、真琴とはいやらしい秘密を共有した仲なのだ。こちらもある程度は明かすべきだろう。

春華は女装少年を自室に招いた。

考えてみれば、男の子を部屋に入れるのも、ふたりっきりになるのも初めてなのだ。なのに、警戒心がまったく湧かないのは、見た目がとびっきりの美少女だからである。

「あ、可愛い」

真琴はベッドの上にあったゆるキャラのぬいぐるみを手に取り、胸にギュッと抱き締めた。そんなしぐさもたまらなくキュートだ。見た目だけでなく、話し方や行動も研究して、女の子になりきっているようだ。

「そのキャラクター、好きなの？」

訊ねると、「はい」とうなずく。

「ぬいぐるみは持ってないですけど、小物はけっこうあります」

「今、独り暮らしなんだっけ？」

「はい。お金が貯まったら、部屋をもっと可愛くしたいんです。こういうぬいぐるみもいっぱい飾って」

春華の部屋は、カーテンやベッドカバーもシンプルで、ふたつある本棚には、小説やコミックがぎっしり詰まっていた。いちおう女の子の部屋なのに、可愛いというよりはオタクっぽい。

「あ、ここに坐って」

ベッドを勧めると、真琴はぬいぐるみを抱いたまま腰掛けた。フワフワのそれに顔を埋め、

「春華さんのいい匂いがする」

なんてことを言われたものだから、恥ずかしくて顔が熱くなる。

（でも、中身は男の子なんだものね……）

それゆえ、異性の匂いに惹かれるのだろうか。ユリナの素のままの秘部も、

嬉々として舐めたぐらいであるし。もちろん、ぬいぐるみにはそこまでいやらしい匂いは染みついていない。

ふと下を見れば、真琴の太腿がやけに白い。スカートが黒いから、コントラストでそう映るのか。室内のため、外で目にしたときよりもなまめかしい。

(ひょっとして、わたしの匂いを嗅いで昂奮したのかしら)

そんなことを考えたら、確かめたくてたまらなくなる。

もともと仲良くなるために、真琴を部屋に招いたのだ。好奇心もあったし、彼のほうもいやらしい期待があったのではないか。

だったらかまうまいと、春華は隣に坐った。

「じっとしててね」

耳もとに囁《ささや》くと、細い肩がビクッと震える。男の娘はコクンとうなずき、またぬいぐるみに顔を埋めた。いやらしいことをされるのだと、悟ったに違いない。

「ンふ」

その期待を裏切らぬよう、春華は白い太腿に手を置き、すりすりとさすった。

真琴が息をはずませる。ほんの軽いタッチなのに感じたらしい。

そのまま手を付け根側に移動させ、春華は下着が見えるところまでスカートをめくった。

アウターに合わせたのか、パンティも黒だった。ウエストと裾に白いレースが施され、前に大きめのリボンもついた可愛らしいデザインである。

ただ、穿き込みはわりと深い。仮にペニスが大きくなっても、はみ出さないようにと考えて選んだと思われる。

（まだ勃起していないみたい）

中心はわずかにふくらんで見えるものの、陰阜の盛りあがりだと言われれば素直に信じられる。春華は指先で、そこをくすぐった。

「んんぅ」

真琴が呻き、腰をモジつかせる。なだらかな盛りあがりが、ムクムクと膨張を開始した。

（あ、やっぱりこれ、オチンチン――）

そこは筒肉の形状をあらわにし、徐々に張りつめて柔らかさを失う。程なく、薄布に猛々しいシルエットを浮かびあがらせた。

（タッちゃった……）

自分がそうさせたのだと思うと、不思議な気分になる。

「ねえ、ここ、見せて」

「……はい」

返事の声がわずかに震えていたのは、気持ちよくしてもらいたいという期待の現れではないのか。

パンティのゴムに手をかけると、言われずともおしりを浮かせる。薄物は細腰から剥がされ、ロングソックスを履いた綺麗な脚をくだった。

（あん、すごい）

ピンとそそり立つ牡の象徴に、春華は自然と惹き込まれた。

皮が剥け、赤い粘膜を覗かせた生々しい眺め。真下でキュッと縮こまったシワシワの袋にも、胸がときめく。

普通にそばにいたとき、真琴は女の子らしい甘い香りを漂わせていたのである。けれど、その部分は蒸れた青くささを放ち、悩ましさが募る。

「すごく元気だね。マコちゃんのオチンチン」

からかうでもなく告げると、「いやぁ」と嘆《なげ》く。そのくせ、分身はもっと見てと訴えるかのごとく、ビクビクと脈打つのだ。

このあいだと同じく、白い包皮は亀頭の裾野に引っかかっていた。春華は指を二本添えて押しさげ、丸い頭部をすべて露出させた。

「あふン」

真琴が声を洩らし、太腿をわななかせる。血管を浮かせた肉棹が、いっそう硬くなったようだ。

包皮に隠れていたくびれ部分に、特に付着物はなかった。ユリナに注意されたから、綺麗に洗うよう心がけているのか。

それでも、粘膜部分に鼻を寄せると、燻製《くんせい》のようなナマぐささが鼻奥を刺激する。アルバイトの後だし、洗ってないのだから無理もない。

それでも、不快感はまったくない。むしろ好ましいぐらいだ。ずっと嗅いでいても飽きない気がした。

男も女も、異性の匂いに惹かれるようになっているのか。そんなことを考え

ながら、ほんのりベタつくペニスを握り直す。軽く上下にしごいただけで、

「ああ、ああ」

と、女装っ子が悦びに身悶えた。

「気持ちいいの？」

「はい、すごく」

「オチンチン、すごく硬いよ。アタマのところも腫れちゃってる」

初めて目にしたときよりも、逞《たくま》しさが増しているかに映る。年上の女子大生たちとセックスをしたことで、そこが男として成長したのだろうか。その他の部分は、完璧すぎるほど女の子なのに。

「ねえ、舐めてもいい？」

それは内から自然と湧き出した問いかけであった。

「でも、洗ってないんですよ」

「平気よ。気にしないで」

「あう、だけど」

戸惑う声を無視して、春華は牡の漲りを頬張った。

「ああ、あ、ダメ」

真琴が焦ったように腰をよじるのもかまわず、舌をピチャピチャと躍らせる。

初めて味わう牡の性器は、ちょっとしょっぱかった。唾液に溶かされた匂いが口の中に広がり、奥から鼻に抜ける。

そのせいで、とてつもなくいやらしいことをしている気分になった。

(わたし、男の子のオチンチンをしゃぶってるんだ)

自覚することで全身が熱くなり、下腹のあたりが疼く。フェラチオなんてしたことがなかったのに、迷うことなく舌を使えたのは、それだけ気が昂ぶっていた証であろう。

春華は真琴の太腿のあいだに手を差し入れ、膝を大きく離させた。牡の漲りを吸いたてながら、陰嚢もさする。

「あ、あっ、そこいいっ」

やはり感じるポイントだったようで、膝が落ち着かなく揺すられる。舌を尖端に這わせると、鈴割れから粘っこいものが溢れているのがわかった。

(もうイッちゃいそうなのかしら?)

そのとき、切羽詰まった声が聞こえた。

「は、春華さん、もうダメ……出ちゃう」

ペニスの脈打ちも著しくなる。射精するのだ。

春華は口をはずすことなく、はち切れそうな頭部をチュパチュパと吸いたてた。ほとばしるものを、お口で受け止めたくなったのである。

ティッシュがそばになかったし、飛び散るものでベッドや部屋を汚したくない気持ちも多少はあった。しかし、それよりは新鮮なザーメンを味わいたかった。早々にバージンを捨てた先輩たちへの、対抗意識も芽生えていただろう。

「あああ、だ、ダメです。ホントにイッちゃいますからぁ」

女装少年の腰がガクガクと暴れる。さっさと出しなさいと促すように、春華は牡の急所を軽く握り、ヤワヤワと揉んであげた。

「あ、イヤ、イッちゃう」

甲高い嬌声《きようせい》に続いて、亀頭がさらにふくらんだ気がした。そして、どぷっとはじける感覚。

（あ、出た）

春華はタマ揉みを続け、舌も忙しく動かした。出ているときに刺激されるのが、最も快いはずだからだ。

事実、真琴は下半身をビクッ、ビクンと痙攣させ、悦楽のひとときを長く味わっている様子だ。温かくてドロドロした精液も、たくさん出ている。

（すごい……こんなに）

青くささが充満して鼻に抜け、悩ましさが募る。味は甘いような苦いような、何とも形容しづらいものだった。

そのまま口に中に溜めておくのが億劫《おっくう》になって、春華は思い切って香り高いエキスを喉に落とした。かなり粘っこくて、危うく噎《む》せそうになったものの、どうにか飲み込むことができた。

男の娘が力尽きたようにベッドに倒れ込む。肉根も勢いを失ったのを見計らい、口をはずして解放する。

「ふう」

ひと息ついて真琴を見れば、相変わらずぬいぐるみを抱っこしたままだ。瞼を閉じて、オルガスムスの余韻にひたっている。

春華はドレッサーからウエットティッシュを持ってくると、それで彼の股間を拭い清めた。口の中が粘つくので、唾を溜めては飲み干しながら。

「んぅ」

包皮に隠れがちなくびれ部分を拭いてあげると、くすぐったそうに腰を震わせる。陰嚢や、汗じみた腿の付け根も綺麗にすると、うっとりしたように息をはずませた。

だが、かなり多量に放ったためか、ペニスが復活する兆しはなかった。

顔を覗き込み、「だいじょうぶ?」と声をかけると、閉じていた瞼がゆっくりと開かれる。焦点の合っていなさそうな目が、こちらをぼんやりと見あげた。

「はい……すごく気持ちよかったです」

「みたいね。いっぱい出たもの」

「あの、ボクの飲んだんですか?」

申し訳なさそうな顔をされ、胸がきゅんとなる。

「とっても美味しかったわ、マコちゃんの精液」

「……ごめんなさい」

「謝らなくていいのよ。わたしが飲みたかったんだもの」

目を潤ませた愛らしい顔立ちに、愛しさがふくれあがる。春華は吸い込まれるように、真琴と唇を重ねた。

(――わたし、キスしちゃった)

郁美にせがまれてしたのを除けば、これがファーストキスなのだ。もっとも、相手が女装の美少年だから、女同士でするのと感覚的には変わりがない。

柔らかな唇をチュッチュッと吸い、舌をちょっとだけ出して舐めてあげる。真琴も舌を出したので、チロチロとくすぐり合った。

じゃれ合うようなくちづけを交わしながら、春華は無意識に手を彼の下半身にのばした。まさぐると、ペニスはいつの間にかふくらんでいた。

(わたしとキスして昂奮したの?)

握ってしごくと、ぐんぐん力を蓄える。間もなく、逞しい脈打ちを指に伝えてきた。

「マコちゃんの、また硬くなっちゃった」

囁くと、恥じらって身をよじる。

「だって、春華さんの手がキモチいいから」

「その前から大きくなってたみたいだけど。キスでも感じたの？」

「はい」

素直に認めるのがいじらしい。

「ねえ、わたしともエッチしたい？」

不意に口から出た問いかけに、真琴が驚きをあらわにする。そのとき、玄関のほうからドアの開く音がした。

「ただいま」

隼人の声も聞こえる。

「あ、お兄ちゃんが帰ってきた」

春華は急いで起きあがり、床に落ちていたパンティを拾いあげた。それを真琴に穿かせ、身繕いを済ませたところで、部屋のドアがノックされる。

「はーい」

返事をすると、隼人がドアを開けて顔を覗かせる。驚いたように目を見開いたのは、とびっきりの美少女と一緒だったからだろう。

「ああ、友達が来てたのか」

「うん、大学の。マコちゃんっていうの」

「お邪魔してます」

女装少年が挨拶をすると、「ああ、どうも」と落ち着かないふうに頭を下げる。そのとき、兄の視線が、ミニスカートからはみ出した女装少年の太腿に注がれたのを、春華は見逃さなかった。

(バカじゃないの？　この子はオトコなのに)

とは言え、春華だってユリナに暴かれるまで、わからなかったのである。そんなことを棚に上げて妙に苛立《いらだ》ったのは、いいところを邪魔されたためなのか。

「夕飯、どうする？」

そんなどうでもいいことを訊ねるのにも腹が立つ。真琴をチラチラ見ているから、かなり興味を示したようだ。そのため、この場を離れたくないのだろう。

(郁美先輩とエッチしておいて、まだ足りないっていうの)

あのとき隼人は眠っていたのに、胸の内で言いがかりをつける。彼が本当は起きていたなんて、春華は知らないのだ。

(だいたい、最初はわたしがイカせてあげたんじゃない)

兄が自分の手で果てたことまで思い出し、モヤモヤしてくる。ひとの気も知らないでと、怒りが募った。

眠っているあいだに、先輩たちと一緒になって悪戯をしてしまい、春華はあとで反省したのである。悪いことをしたと思ったからこそ、翌朝は朝食を作ってあげたし、いい妹になるよう努力した。

なのに、隼人は以前と変わらず口うるさかった。こちらが従順になったのをいいことに、図に乗っているようにも感じられた。

実は、童貞を卒業して自信をつけたために、振る舞いが尊大になったのである。そんなことを、春華が知る由もなかった。

ともあれ、積もり積もった様々な不満が、ここに来て限界を超えてしまったらしい。

「夕飯は、わたしたちで作るわ。マコちゃん、手伝ってくれる？」

「え？　ああ、うん。いいですけど」

「兄貴は部屋で休んでて」

これに、隼人が怯んだ面持ちを見せる。あれ以来「お兄ちゃん」と呼んでいたのに、「兄貴」に変わったからだろう。

「ほら、いつまで覗いてるの。女同士の話を邪魔しないで」

兄を邪険に追い払うと、春華は真琴に企む笑みを向けた。

「マコちゃんも協力してね」

男の娘は戸惑い気味にうなずいた。

2

(——あれ?)

目を覚ました隼人は、からだが動かなかったものだから焦った。おまけに、瞼が開いているはずなのに何も見えない。

(金縛《かなしば》りか?　ていうか、おれは何をしてたんだっけ)

眠りに落ちる前のことを、懸命に思い出す。確か妹と、妹の友人のふたりが夕食をこしらえてくれて、それを食べたはずだが。

（あ、そうか。酒も飲んだんだ）

缶入りのものではない、カクテルっぽいサワーを彼女たちが作ってくれた。甘くて飲みやすかったため、二杯ほど続けざまに空けてしまったが、そのせいで酔い潰れ、寝落ちした可能性がある。

だとすると、動けないのも酔っているせいなのだろうか。まだアルコールを飲み慣れていない頃、サークルのコンパで先輩から強い洋酒を勧められ、腰を抜かしたことがあったけれど。

しかし、ただ起きられないだけではない。手も足も動かせないのだ。

それが縛られているためだと理解するのに、少々時間がかかった。アルコールのせいで、頭がぼんやりしていたからだ。

バスローブの紐《ひも》のようなもので後ろ手に括られ、両足首も固定されている。目が見えないのも、アイマスクを装着させられているためだとわかった。

（どういうことだ？）

酔い潰れているあいだに、拘束されてしまったらしい。妹たちがそんなことをする理由はないから、強盗が押し入ったのかもしれない。

「おい、春華っ！」

無事を確認するため、焦って呼びかける。すると、

「ああ、起きたのね」

能天気な返答があったものだから不安が四散して、訳がわからなくなる。

(え、今のは？)

明らかに妹の声だ。ということは、強盗ではないらしい。

つまり、自分にこんな仕打ちをしたのは、他ならぬ彼女ということになる。

「おい、おれを縛ったのは春華か？」

苛立ちを隠せずに告げても返答はない。代わりに、誰かが近づいてくる気配があった。

そして、アイマスクがはずされる。

隼人はリビングの床に転がされていた。こちらを見おろすのは、天井の明かりで逆光になっているが、妹に間違いない。

「おはよう、お兄ちゃん」

厭味っぽいというより、いっそ挑発的な声音。やはりこんなことをしたのは

彼女なのだと、隼人は確信した。顔にかかる息にアルコールの匂いが含まれているから、酔ってくだらない悪戯をしたのではないか。

「お前、飲みすぎなんだよ」

酒癖の悪さをなじりながら室内を見回し、もうひとりの美少女を探す。あとで長谷部真琴というフルネームを教えてもらった彼女も、同じ目に遭っているのではないかと危ぶんだのだ。

夕食はキッチンのカウンターではなく、リビングのテーブルを使った。それは部屋の隅に移動してあり、あの美少女はクッションにちょこんと坐っていた。

そして、目が合うなり、焦ったふうに顔を背けたのである。

春華の暴挙に巻き込まれたにしては、どうも様子がおかしい。悪びれた感じからして、まるでふたりが共謀したみたいではないか。

（あ――）

隼人は発見した。真琴が腰掛けたクッションの脇に、小さく丸まった薄布が落ちていることに。黒に白いレース飾りのついたそれは、明らかに女性の下着だ。

それが妹のものでないとすぐにわかったのは、脇にしゃがみ込んだ彼女が、下半身パンティ一枚のみになっていたからである。

「お、お前、なんて恰好してるんだよ」

声を荒らげて注意しても、春華は少しも意に介さなかった。

「ひとのことをどうこう言える立場じゃないでしょ」

「え？」

意味がわからず訊ねようとして、愕然とする。腰から下の肌が、フローリングの床と直に接していることに今さら気がついたのである。縛られたばかりか、下半身を脱がされていたなんて。

おまけに、寝起きの生理現象で、股間の分身がギンギンに猛っている。だから真琴は、あんなにうろたえたのだ。

「ば、馬鹿、何をしたんだよ」

隠そうにも両手が使えない。隼人は仕方なく転がって俯《うつぶ》せになり、勃起を見られないようにした。

「兄貴って、ホントにお酒が弱いのね。まあ、今回は強いのを混ぜたんだけど。

スピリタスってウォッカで、アルコールが九〇パー以上もあるの。果汁で甘くしたから気づかなかったみたいだけど、二杯飲んだだけで眠っちゃったんだから」

あの手作りサワーに、そんなものを混ぜていたのか。ただ、純度が高いためなのか、普段の二日酔いのときのような頭痛や、嘔吐感などはなかった。

「お前、またおれが眠ってるあいだに、悪戯をしたのかよ」

怒りをあらわにすると、春華が怪訝な面持ちを見せた。

「え、またって？」

「あ――ああ、いや」

失言だったと焦り、誤魔化そうとしたがうまく言葉が出てこない。そのため、彼女に悟られてしまった。

「それじゃあ、あのときも起きてたのね！」

妹のゼミの女子大生たちから、よってたかって快感を与えられたときのことだ。いちいち確認するまでもない。

「いや、それは……」

「信じられない。寝たフリをして、わたしたちにあそこまでさせるなんて」

隼人は被害者側であり、文句を言われる筋合いはない。とは言え、快楽のために狸寝入りをしたのは事実である。普段から妹にあれこれお説教をしているものだから立場をなくし、言い返すことができなかった。

「ってことは、わたしが手で射精させたのも知ってるのね」

「ああ、あの」

返答に詰まったことで、これもその通りだとバレてしまった。

「それじゃあ、早いうちから起きてたんじゃない」

「いや、あんなことをされたら、さすがに目が覚めるよ」

さすがに最初から起きていたとは言えず、妹たちのせいであると主張する。

しかし、

「兄貴だったら、妹が道を踏み外さないように対処するべきでしょ」

などと真っ当なことを言われては、ぐうの音も出なかった。

「ようするに、わたしがこれから何をしても、兄貴には咎める資格がないってこと」

言い放った春華が、目の前からすっと離れる。桃色のパンティが喰い込んだヒップを、見せつけるようにぷりぷりと振って。

(何をするつもりなんだ?)

向かった先は、あの美少女だ。男相手ならともかく、女同士だからそれほど心配していなかった。

けれど、春華が真琴の膝を跨いで坐り、いきなり唇を奪ったものだから度胆を抜かれる。

(え、何だ⁉)

その瞬間は抗った美少女のからだから、力が抜けたようである。チュッ、ぴちゃっと舌づかいの音が聞こえるほどの、濃厚なくちづけが続いた。

(春華のやつ、レズだったのか?)

もしかしたら、兄を射精に導いたことで男性に嫌悪を抱き、同性愛に走ったのか。咎める資格はないと言い放ったのも、そういう意味だったのかと納得がいく。

だったら自分のせいだと後悔しつつ、

（まあ、でも、男遊びをするよりはいいか）

と、隼人はいたって呑気《のんき》に捉えていた。妹の手が美少女の股間をまさぐり、そこに異質なものを発見するまで。

（え、何だ？）

目を疑い、思わずからだを反転させて上半身を起こす。ペニスはまだ完全に萎えていなかったが、見られてもかまわなかった。

春華の手に握られていたのは、紛《まご》う方《かた》なきペニスであった。それも、亀頭を赤く腫らして勃起した。

ということは、この美少女は男なのか。

（いや、まさか――）

食事のとき、隼人は真琴と会話をした。恥ずかしがり屋なのか俯きがちで、積極的に話そうとしないのを、純情な子なのだと好感を抱いた。実はその前から、アイドルでも通用する愛らしさに惹かれていたのだが。

それこそ、彼女に勧められたこともあって、サワーをゴクゴクと飲んでしまったのである。

あんな可愛い子が男だなんて信じられない。おそらく兄を驚かせようと、春華がそれっぽいものを彼女の股間に仕込んだのだ。

彼女たちの唇が離れる。うっとりした表情で見つめ合ってから、春華がこちらを向いた。

「兄貴、これ見える? オチンチン」

その手にのるかと、隼人は「フン」と鼻を鳴らした。

「よくできた作り物だな」

「本当にそう思ってるの?」

彼女はあきれたふうに肩をすくめると、真琴の手を取った。

「こっちに来て」

「で、でも」

「兄貴に、わたしたちのエッチを見せつけてあげましょ」

春華は友人を立たせると、黒いミニスカートのホックをはずした。それはあっ気なくはらりと落ち、裸の腰回りがあらわになる。床に落ちていたのは、やはり彼女のパンティだったのだ。

そして、こちらを向いた真琴の股間から、隼人は目を離せなくなった。

（……マジか⁉）

反り返った秘茎は包皮がナマ白く、紅潮した亀頭とのコントラストが痛々しい。その真下には、くりっと丸い陰嚢もあった。

映画であれば特殊造形やＣＧという解釈ができるが、これは現実だ。そもそも、ここまで精巧なペニスが作れるほど、春華は器用ではない。

（じゃあ、この子は本当に男――）

自分の中で、何かが崩れる感覚がある。隼人は混乱し、どう反応すればいいのかわからなくなった。

そのくせ、股間の分身は、下腹をぺちぺちと打ち鳴らすほどに猛っていたのである。同性だとわかっても醜悪さは微塵も感じず、ペニスを持った美少女の魅力に惹き込まれていたのだ。

「ほら、本物のオチンチンよ。自分にもあるから、作り物じゃないことぐらいわかるでしょ」

隼人の前で、春華がそそり立つ若茎をしごく。陰毛がないから幼く見えるものの、男としての機能はしっかり持っているようだ。

「あああ、ダメぇ」

真琴が膝をカクカクと揺らす。反応も声も丸っきり女の子だ。そのため、同性だという意識をなかなか持てなかった。

（……これ、すごくいやらしいぞ）

卑猥な見世物に、劣情がぐんぐんと高まる。呼吸がはずみ、非現実的なエロスに軽い目眩《めまい》すら覚えた。

「何よ、兄貴までギンギンにしちゃって。真琴クンがオチンチンをしごかれるのに昂奮してるの？」

蔑《さげす》む口振りも気にならない。昂ぶっているのは事実だからだ。

というより、これに昂奮しない男が、果たして存在するのだろうか。

「それじゃ、ここに寝て」

命じられ、真琴が床に横たわる。上半身は着衣のままで、膝上の長いソックスも履いているから、剥き出しの股間がいっそうエロチックに映った。

仰向けになった女装少年の上に、パンティを脱いだ春華が逆向きで被さる。

何をするつもりなのか、隼人はすぐにわかった。シックスナインだ。

「真琴クン、わたしのオマンコ舐めて。洗ってないからくさいかもしれないけど、べつにいいよね」

禁じられた四文字を口にした妹のヒップを、真琴は即座に抱き寄せた。すぐにでも舐めたいというふうに。

「はうう」

春華がナマ尻をブルッと震わせる。清めていない性器に口をつけられたのだ。

隼人は思い出した。女子大生たちに弄ばれた夜、処女を与えてくれた子の正直な秘臭を嗅いだことを。

(春華のアソコも、あんな匂いなんだろうか)

それを与えられた真琴が羨ましい。眠ったフリをしていた隼人は舐められなかったが、彼は好きに味わえるのだ。

チュッ……クチュクチュ。

蜜苑が吸いねぶられる音に、妹の嬌声が重なる。

「ああっ、あ、そこいいッ。もっとペロペロしてぇ」

あられもない言葉遣いで快楽を要求し、お返しだとばかりに牡の漲りを頬張る。

「むふふふぅ」

真琴も呻き、腰をはずませた。

(これが初めてじゃないんだな……)

隼人は悟った。自分が眠っているあいだにも、ふたりは愛撫を交わしていたのだろう。もしかしたら、マンションに帰ってくる前にも。

いや、ふたりはそれ以前から知り合いだったのだ。だからこそ、家に連れてきたのである。

(じゃあ、春華はおれよりも前に、この子を射精させたことがあったのか?)

疑問が湧いたものの、あの晩、彼女たちは何も経験がないような会話をしていた。春華にしても、先輩の前ゆえ未経験を偽ったふうではなかった。

だとすれば、真琴とはそのあとで知り合ったか、もしくは関係を深めたことになる。同級生には見えないし、出会いの場がどこで、どういう関係なのかは、まったく見当がつかなかったけれど。

（やっぱり、あの日の出来事が影響しているのかもな）

疑似美少女と性器をしゃぶり合う妹に、また罪の意識を覚える。あのとき寝たフリなどせずに、彼女たちと真っ当に接していれば、ここまで奔放《ほんぽう》な女の子にならずに済んだのに。

そのくせ、目の前で繰り広げられる交歓に、隼人は胸の高鳴りを抑えられずにいた。自分が体験した出来事以上に、淫らな光景であったのだ。

「ぷは――」

春華が肉根を解放する。唾液に濡れたそれは全体に赤らみ、特に亀頭はミニトマトみたいであった。

「それじゃ、エッチしよ」

ヒップが浮いて、隠れていた真琴の顔が見える。クンニリングスの激しさを示すように、口許がべっとりと濡れていた。

春華はからだの向きを変えて、女装少年の腰を跨いだ。強ばりきった秘茎を上向きにし、その真上に秘苑を移動させる。

「真琴クンに、わたしのバージンをあげるわね」

その言葉に、隼人はギョッとした。

(え、それじゃ――)

ペニスを持った美少女と倒錯的な関係を持っても、まだ最後の一線は超えていなかったのか。

だが、彼女は純潔を散らすところを、兄に見せようとしているのだ。さすがに常軌を逸している。

「お、おい」

たまらず声をかけた隼人であったが、春華に横目で睨《にら》まれて言葉を失った。

「兄貴だって、わたしの目の前で郁美先輩に童貞を捧げたじゃない。これでおあいこよ」

では、彼女は単にやり返すつもりで、こんなことを始めたのか。

(いや、あれは捧げたっていうより、奪われたわけだし)

胸の内で弁明するものの、そんな言い分が通用するとは思えない。男と女は初めての意味合いが異なるなんてお説教をしても、説得力がまるでなかったであろう。

つまり、今は黙って見ているより他ないのだ。

「真琴クン、オチンチンがすごく硬いよ。挿れたらすぐに出ちゃうんじゃない？」

「はい……たぶん」

「いいのよ。気持ちよくなったら、オマンコの中にいっぱい出しなさい」

そんなやりとりにも胸が痛む。いくら相手が美少女みたいであっても、ペニスで処女地を切り裂かれることに変わりはない。

男の娘の魅力に心を奪われていた隼人であるが、さすがに冷静でいられなくなった。目の前で妹にロストバージンをされる兄など、自分以外に存在するのであろうか。

（頼むからやめてくれよ）

そう懇願するより先に、春華がからだをすっと下げた。

「はうううッ」

悲痛な呻き声を洩らし、着衣の上半身をわななかせる。貫通したのだ。

（ああ、そんな……）

悲嘆に暮れる隼人は、悦びに喘ぐ真琴に目を移した。こんな可愛い子と初体験を遂げたことを、せめてもの慰めにするために。

もっとも、春華のほうはそれどころではなかったらしい。

「つうう、い、痛い……」

破瓜の激痛に、身をよじることもできずにいるようだ。

「おい、だいじょうぶか」

さすがに心配になって声をかける。おろおろして、情けない顔になっているであろうことは、自分でもわかった。

すると、それで気が済んだみたいに、彼女が「ふう」と息をついた。兄を一瞥《いちべつ》しただけで、視線を組み伏せた美少年に向ける。

「オチンチン、オマンコに奥まで入ってるわよ」

「は、はい」

「気持ちいい？」

「すごく……もうイッちゃいそうです」

「いいわよ。出しなさい」

春華が右手を後ろに回す。自身のヒップの下辺りをまさぐった
（あ、キンタマを――）

どこに触れているのか、隼人は理解した。兄が陰嚢を愛撫されて射精したことを、憶えていたのだろう。

「ああ、そ、そこ、気持ちいい」

真琴が切なげによがり、頭を左右に振る。脚がピンと伸びて、爪先が握り込まれた。

「ほらほら、出して」

「あ、あ、イク、出ちゃう、出るぅ」

歓喜の声を放ち、女装少年が絶頂する。処女膜を破られたばかりの膣奥に、青くさい体液をほとばしらせたのだ。

そこに至って、隼人は不思議と哀《かな》しみを覚えなかった。むしろ、無事バージンを卒業した妹に、胸の内で（よかったな）と声をかけていたのである。

彼女は自分の意志で相手を選び、セックスをした。これこそ大人になった証《あかし》であり、成長を喜ぶべきなのだ。

しかしながら、それは兄としての、精一杯の強がりだったのかもしれない。できれば味わいたくなかった喪失感を、なかったことにするための。

春華が真琴に覆いかぶさり、唇を重ねる。情愛のこもったくちづけを直視できず、隼人は顔を背けた。

3

ペニスは萎えて小さくなったものの、抜け落ちるときにはまた痛みがあった。

「つ――」

春華は顔をしかめ、それでも弱音だけは吐くまいと気丈に振る舞った。

無毛の陰部に横たわった牡器官は、白濁液をこびりつかせていた。その中に赤い筋を見つけ、処女でなくなった実感がこみ上げる。

単純に嬉しいわけではない。また、後悔しているわけでもない。新しい世界に飛び込んだ恐れと期待が渦巻いて、感情の持って行き場を見失っているというのが、正直な心持ちである。

ただ、ここまで思い切ったことができたのは、隼人が見ていたからなのだ。ひとりだったら臆してしまい、寸前で中止したかもしれない。あのときの今日子と同じように。

口うるさいくせに女性にはだらしなく、眠ったフリをして弄ばれるなど節操がない兄への対抗心は、確かにあった。あの晩、実は起きていたと知ったことで、処女を捨てる決心がついたのだ。その前は、真琴とのペッティングを見せつけて、悔しがらせるだけのつもりだったのに。

そして途中からは、兄の目がそばにあることで安心できて、最後までやり遂げられたのである。

自分でもよくわからない心理だと思う。兄に反抗しているのか依存しているのか、はっきりしない。

確かなのは、これで終わらせるつもりはないという一点である。なぜなら、隼人はまだ何もしていないからだ。

振り返ると、彼は床に坐り込んでうな垂れていた。妹の処女喪失場面を見せつけられてショックだったのかと思えば、股間のイチモツは隆々と威張りくさっていた。

(何よ。妹のエッチを見て昂奮したの？)

だとしても、嘲《あざけ》る気にはなれない。いっそのこと、見物しながらオナニーをしてもらいたかった。縛られているから無理だけれど。

「真琴クン、立って」

まだぐったりしていた男の娘の手を引いて起こし、隼人の前に立たせる。

「ねえ、兄貴」

屈んで声をかけると、彼はゆっくり顔をあげた。目の前に美少年の萎えた秘茎があったものだから、驚いたようである。

「な、何だよ」

「真琴クンのオチンチン、しゃぶってあげて」

「は？」

「妹の処女を奪ってくれたオチンチンなんだよ。兄として、そのぐらいするのが礼儀じゃないの？」

我ながら無茶苦茶なことを言っている自覚はあった。しかし、これは単なる理由づけなのだ。

女装少年がペニスをしごかれるのに昂奮したぐらいだ。そんな建前がなくても、兄は舐められるだろう。要は行動しやすいように、道筋をつけたのである。

「ほら、わたしの血もついてるのよ。綺麗にしてあげて」

そこまで言われて、使命感に駆られたのか。抗い難い感情にも支配されたようで、隼人は同性の股間に顔を近づけた。

「え、あの」

真琴のほうが戸惑い、腰を引き気味にする。女の子の恰好をしていても、男と戯れる趣味はないのだ。高校時代に性的なイタズラをされたから、むしろ嫌悪すべき対象かもしれない。

「兄貴に舐めさせてあげて。あとでわたしも気持ちよくしてあげるから」

おしりを撫でながら促すと、ようやく許す気になったらしい。女みたいだと苛められた高校生のときとは異なり、今は身も心も女の子になっているのだ。

そのため、受け入れやすかったのではないか。

口をつける寸前、わずかにためらう目を見せたものの、隼人は思いきったように濡れた牡器官を口に入れた。

「あひッ」

真琴が声をあげ、剥き身の臀部をギュッと強ばらせる。

(やん、ホントに咥えちゃった)

自分が命じておきながら、他人事みたいに受け止める。それでいて背徳的な光景に、春華は胸が震えるほどの昂ぶりを覚えた。

ペニスにはザーメンと愛液、それから血がついていた。すべての付着物を舐め取るべく、隼人は熱心に舌を動かしているようだ。

「あ、ああっ」

真琴が膝をカクカクと震わせる。かなり感じていた。

(やっぱり男同士だから、どこを舐めれば気持ちいいのかわかるのかしら)

それこそ、ユリナのクンニリングスで今日子が昇りつめたのと同じで。

隼人が頭を前後に振る。すぼめた唇で、筒肉をこすっているのだ。

(そっか。ただ舐めるだけじゃなくて、そんなふうにすればいいのね)

兄からフェラチオのテクニックを学ぶ妹というのも、前代未聞だろう。そして、唇でのピストンが可能なのは、すでにペニスが硬くなっているからだ。

（もう勃起したの？）

復活が早いのも、隼人のテクニックが優れているためなのか。

（え、すごい）

春華は見た。兄の肉根がせわしなく反り返るところを。こぼれた先走りが、下腹とのあいだに何本も粘っこい糸を繋げていた。

男の娘のモノをしゃぶりながら、そんなにも昂奮しているなんて。

「だ、ダメ、もう――」

真琴が切羽詰まった声を洩らし、隼人が漲りから口をはずした。さすがに精液を口で受け止めるのは抵抗があるのかと思えば、唾液に濡れて脈打つ若茎を物欲しげに見つめている。口内発射をされてみたいと思っているようだ。

「ハァ、はあ……」

女装少年が膝を折って坐り込む。気持ちよすぎて立っていられなくなったらしい。兄に負けた気がして、春華は悔しくなった。

「どうしてオチンチンを平気で舐められるのよ」

八つ当たりみたいになじると、隼人がムッとする。

「いいだろ。こんなに可愛いんだから」

「信じられない。ひょっとして、お口の中に精液を出されても平気なの」

「ああ、たぶんな」

「だったら――」

春華は立ちあがると、彼の前で脚を開き、腰を突き出した。

「わたしのオマンコを吸ってよ。中に真琴クンの精液が残ってるから」

兄の顔に、驚きと情欲の両方が浮かぶ。

「……いいのか？」

そんなふうに確認されると、かえって恥ずかしくなる。春華は頬の火照りを悟られぬよう、隼人の頭を両手で掴んだ。

「わたしがしなさいって命令してるの」

顔を引き寄せ、自身の陰部を彼の唇に密着させる。

「きゃふっ」

思わず感じてしまったのは、舌が膣にぬるりと入り込んだからだ。

「ば、バカ。舐めるんじゃななくて吸うの」

兄の頭を軽く叩けば、蜜穴をぢゅぢゅッと吸われる。だが、舌も動かされ、腰が砕けそうになった。

「だ、ダメ……」

坐り込まないよう、必死で堪える。すぐに離れてもよかったのであるが、からだの芯が蕩けそうに気持ちよくて、もっとしてもらいたくなったのだ。

(兄貴に舐められて、こんなに感じるなんて――)

妹の手で果てた彼を責められない。自分も同じ穴のムジナではないか。

いや、この場合は似た者きょうだいと呼ぶべきか。

「も、もういいってば」

このまま続けられたらおかしくなりそうで、春華は未練を断ち切って隼人から離れた。ハァハァと肩で息をし、彼の前に膝をつく。

「ヘンタイ……妹のオマンコまで舐めるなんて」

なじると、不満げな顔を向けられる。

「春華が舐めさせたんだろ」

「わたしは精液を吸ってもらいたかっただけよ」

妹と兄の言い合いを、真琴が困った顔で眺める。それに気がついて、ふたりは口をつぐんだ。

「……なあ、そろそろこの紐をほどいてくれよ」

隼人が要望を述べる。確かに、ここまでしたのだから、もう縛《いまし》めは必要なさそうだ。

そう思いかけたものの、春華は首を横に振った。

「まだダメよ」

「どうしてだよ」

「しなくちゃいけないことがあるから」

そう告げて、兄の勃起を握る。

「ううう」

彼は呻き、腰をよじった。

「すごく硬い。鉄みたいじゃない」

エロチックな状況の中、愛撫をされることなく焦らされていたのだ。ペニスが猛々しいのは当然であろう。

（このあいだよりも逞しいみたい）

初めてこれを握ったときを思い返す。一度だけとは言え、女子大生とセックスしたことで成長したのか。

ところが、隼人が予想もしなかったことを口にした。

「春華の手が気持ちいいからだよ」

ぶっきらぼうに言われ、最初は冗談かと思った。

「嘘ばっかり」

「嘘じゃないよ。あの晩だって、他の子たちのより、春華の手が一番よかったんだ。だから出ちゃったんだよ」

「そ、それって、ユリナ先輩がキンタマをさわったからでしょ」

「あれがきっかけになったのは確かだけど、春華に握られただけで、おれはイキそうになったんだからな。出したらまずいと思って我慢したんだけど、まさかあんなところをさわられるとは思わなかったから」

春華は泣きそうになっていた。それもどういう感情からなのか、自分でもよくわからなかった。

「じゃあ、今も感じてるの？」

「当たり前だろ。出さないように我慢してるんだ。だから、絶対他のところをさわるなよ」

また陰嚢を愛撫されまいとしてか、彼は両腿をぴったり閉じた。けれど、今の春華は、あのときはできなかったことだってできるのだ。

「それじゃあ、わたしがここを舐めたらどうなるの？」

答えを待つことなく、春華は顔を伏せた。兄の股間の上に。

「あ、おい――」

呼びかける声が耳に入ったときには、すでに口内で脈打つものがあった。

「あああ、だ、駄目だって」

隼人は腰を引いて逃れようとしたようである。しかし、縛められた状態では無理な話で、チュパチュパと音をたててペニスをしゃぶられてしまう。

「うあ、あ、駄目だ、ホントに――」

牡腰がはずみ、猛るものがいっそう深く口の中へ入り込む。春華は舌を回して吸いたて、筒肉に巻きつけた指も上下に動かした。

「ば、馬鹿、出る。あああ、い、いく」

何かがはじける感覚に続いて、温かなものが広がる。次々とほとばしる粘液を、春華は舌を回していなした。

（あん、いっぱい出てる）

口に溜めたらこぼしてしまいそうで、順番に喉へ流し込む。さっき隼人がしていたのを今さら思い出し、唇をキュッとすぼめて頭を上下させた。

「うああ、あ、春華――」

名前を呼ばれ、胸が温かくなる。

ザーメンの味は、真琴のものと基本は一緒だった。ただ、こっちのほうがより甘みが強い気がする。どちらかと言えば、兄のほうが美味しかった。

そんなところにも兄妹の絆《きずな》を感じて、春華は胸の内で苦笑した。まったく、きょうだい揃ってどうしようもないヘンタイだ。いっそ、堕ちるところまで堕ちてやろうかという気にもなる。

放精がやんだあとも、春華はしつこく舌を絡みつかせ、丸い頭部を吸った。

とにかく気持ちよくしてあげたい一心で。

「おい、もう出ないって」

隼人の息づかいが荒い。達したあとの粘膜はかなり敏感なようで、腰をくねらせて悶えた。

春華もそうなのだ。オナニーでイッた直後、クリトリスに触れると強烈なくすぐったさが生じて、腰がビクンと痙攣する。そのあたり、男も女も変わりがないらしい。

もっと苛めたくなって、舌をピチャピチャと躍らせる。そのため、兄の肉根は萎えることなく力を維持した。

「はあ」

漲りから口をはずし、大きく息をつく。

「春華……おれの、飲んだのか？」

わかりきった問いかけには、面倒だから答えない。まといついた唾液を用いて、強ばりをヌルヌルとこすってあげると、隼人が「くうう」と呻く。

「も、もういいよ」

息も絶え絶えというふうに告げられ、春華は手を止めた。顔を情けなく歪めた兄を、正面から見つめる。

「本当にもういいの？」

「え？」

「わたしは、まだ足りないんだけど」

隼人が困惑げにまばたきを繰り返す。こちらの意図を掴みかねている様子だ。

だったら、実行してわからせればいい。

「真琴クン、もうちょっと待ってて。あとでちゃんと気持ちよくしてあげるから」

勃起したまま脇に控えていた男の娘に、春華は笑顔で告げた。

「あ、はい」

彼が行儀よく正座する。ピンと上向いた若茎がいじらしい。

「何をするつもりなんだ？」

またも問いかけには答えず、兄の脚をそろえて前にのばさせる。こちらも肉の槍が天を衝いているのは一緒だ。ただ、しつこくねぶった影響か、亀頭の赤さが際立っている。

春華は隼人の膝を跨いで坐った。そのまま前に移動し、接近する。

「おい、まさか」

勃起を握ったところで、彼はようやく察したようだ。

「なに、まさかって？」

とぼけて訊き返すと、隼人が焦りを浮かべた。

「お前、何をするつもりなんだよ」

「兄貴とエッチするのよ」

「だ、駄目だって」

「何がダメなの？」

「何がって……おれたち、きょうだいなんだぞ」

取って付けただけの倫理観を、春華は一笑に付した。

「妹の手で射精したくせに、なに言ってるのよ。今だって、わたしのお口にたくさん出したし、わたしのオマンコだって舐めたじゃない」

「それは──」

「だいたい、兄貴はさっきのことを忘れたの？」

「え？」

「真琴クンのオチンチンをしゃぶって、勃起させたんだよ。自分のもギンギンになるぐらい昂奮してたし」

この指摘に、彼は言葉を失った。

「このままだと、兄貴は男に昂奮するヘンタイになっちゃうじゃない。そうならないように、わたしが女の子とのエッチのよさを教えてあげるのよ。感謝してもらいたいわ」

恩着せがましい台詞にも、隼人は何も言い返せない。脇に正座した真琴をチラ見して、焦ったように視線をはずしたから、男の娘に抗い難い魅力を感じているのは間違いないのだ。

とは言え、そのせいで男色《だんしょく》の道に進むとは思えなかった。なぜなら、真琴は本当に稀有《けう》な、特別な存在なのだから。

春華は手にした強ばりをしごいた。ちょっと考えてから、女装少年に声をかける。

「ねえ、真琴クン。兄貴のオチンチンを舐めて」

「え?」

「オマンコに入りやすいように、ツバでいっぱい濡らしてちょうだい」

「わかりました」

真琴は迷うことなく進み、屹立の真上に顔を伏せた。さっき自分もされたから、お返しのつもりなのか。それとも、きょうだいが交わるという状況に惹き込まれ、倒錯的な感情に酔いしれているのか。

隼人のほうも、美少年にしゃぶられることに抵抗はないようだ。ペニスを含まれるなりうっとりした顔を見せ、悦びをあらわにしたのである。

(まったく、ふたりとも)

自らがこういう場をこしらえておきながら、春華はやれやれとあきれた。同性間の口淫奉仕を眺めながら、無意識に指を秘芯に這わせる。

(え、こんなに?)

肉の裂け目は、ヌルヌルした蜜にまみれていた。さっき、隼人に舐められたのだが、その名残ではない。新たな蜜が知らぬ間に湧出していたのだ。

兄にフェラチオをし、ザーメンを飲んだことで劣情を催したのか。いや、セックスすると決心したことで昂ぶり、ここまで濡れたのかもしれない。

そっと指を挿れても痛みはない。破瓜の傷はだいぶ癒えているようだ。

「もういいわよ」

声をかけると、真琴が顔をあげる。言われたとおりにしてくれたようで、肉根はまぶされた唾液で濡れ光っていた。

「じゃあ、ついでに、オマンコにちゃんと入るように、オチンチンを調節して」

「あ、はい」

春華は腰を浮かせ、そそり立つものの直上に移動した。

「いいですよ。おしりをおろしてください」

真琴が背後から股間を覗き込み、ペニスを握って入りやすいように傾ける。

童貞を卒業してから日は浅くても、四人の女子大生たちと交わったのだ。導くのは難しくなかっただろう。

そろそろとヒップを下げれば、恥割れに肉槍の穂先が当たる。体重をかけると、浅くめり込んできた。

「するよ」

目の前の兄に声をかけ、春華はひと思いに坐り込んだ。

ぬるん――。

からだの中に異物が入り込む。抵抗はほとんどなかったものの、わずかにピリッとした痛みがあった。傷口が開いたのかもしれない。

けれど、我慢できないほどではなかった。さっきは激痛でそれどころではなかったが、今は体内にあるものの感触を確かめる余裕すらあった。

「は、春華」

隼人が身を震わせ、泣きそうに顔を歪める。赦《ゆる》されないことをしたという思いと、得も言われぬ快さが、彼の中でせめぎ合っているようだ。

それを解決してあげるべく、兄の頬を両手で挟み、唇を奪う。

「ん――」

隼人が身を強ばらせる。それはほんの二、三秒のことで、緊張はすぐに解けた。

春華は舌を差し入れ、兄の口内を貪欲に味わった。

（おれ、春華とキスしてる――）

信じ難い状況も、時間が経過することで当たり前となる。いつしか隼人も、夢中になって舌を絡めていた。

さっき、たっぷりとほとばしらせたザーメンを飲んだはずだが、その痕跡はない。アルコールの名残も感じられなかった。

ただ、妹の甘さと、かぐわしさだけがあった。

きょうだいが結ばれたことへの後悔は、今はない。交わった瞬間、何てことをしたのかと絶望にも似た思いに囚《とら》われたが、春華とキスをしたことで綺麗に消え失せた。

肉体だけでなく、心もしっかり繋がった気がするからだろう。

唇が離れると、濡れた目が見つめてくる。こいつ、こんなに可愛かったのかと、隼人はときめきを禁じ得なかった。けれど、

「……これからも、わたしとエッチしようなんて考えないでね」

唐突な戒めに面喰らう。

「え？」

「あくまでも、兄貴を真っ当な道へ戻すためにしたことなんだから。妹を性欲の処理に使おうなんて考えないでよね」

辛辣《しんらつ》な言葉遣いは、頬が赤く染まっていたから、照れ隠しではないのか。だが、隼人は気づかないフリをした。

「わかってるよ。春華はおれの妹なんだから」

「なに当たり前のことを言ってるのよ」

小生意気なふくれっ面も愛おしい。

「だけど、この子とはいいんだろ？」

元の場所に戻り、ちょこんと正座している真琴を横目で見ると、春華は眉間にシワを刻んだ。

「やっぱり男の子のほうがいいの？　ヘンタイ」

「そうじゃないさ。だって、こんな可愛い子は他にいないだろ」

それは彼女も承知しているようで、渋々というふうにうなずく。

「そりゃ、真琴クンがよければ――」

言いかけて、春華は首をぶんぶんと横に振った。

「やっぱりダメ。ふたりで会うのなんて許さない」

「どうしてだよ？」

「あたしがついていなくちゃ、真琴クン、ヘンタイの兄貴から滅茶苦茶にされそうなんだもの」

ようするに、こんなふうに三人でするのなら問題ないというわけか。

「わかったよ。そのときは春華もいっしょな」

「そういうこと」

偉ぶった態度でうなずいた妹が、女装少年を呼ぶ。

「真琴クン、こっちに来て、オチンチンを出して」

「あ、あの」

「ふたりで舐めてあげるから」

困惑げに立ちあがった真琴が、兄妹のあいだに股間を突き出す。血管を浮かせた若茎は、鈴口に透明な先汁を溜めていた。

「じゃあ、わたしたちふたりで、真琴クンを気持ちよくしてあげるのよ」

春華に言われ、隼人は「ああ」とうなずいた。可愛らしいペニスに、胸を高鳴らせながら。

(おれ、ホントに危ない道にはまっちゃいそうだな)

しかし、仮にそうなっても、妹が必ず引き戻してくれるはずだ。

ふたりの唇でサンドイッチにされ、真琴が「はうう」と喘ぐ。硬い筒肉が、ビクンビクンとしゃくり上げた。

両側から這わせるふたりの舌が、ときどきふれあう。その度に、膣内の分身が雄々しく脈打った。

(うう、出そうだ)

目がくらみ、鼻息が荒くなる。絶頂が近いのを察したか、春華が蜜穴で強ばりをキュッキュッと締めつけた。

倒錯的なシチュエーションの中、隼人は間もなく高みに至り、妹の膣奥に激情をしぶかせた。

〈了〉

※この作品は、ジーウォーク紅文庫のために書き下ろされました。

紅文庫

聖女《せいじょ》の口唇《こうしん》

橘《たちばな》 真児《しんじ》

2020年5月15日　第1刷発行

企画／松村由貴（大航海）
DTP／内田美由紀

編集人／田村耕士
発行人／日下部一成
発行所／ロングランドジェイ有限会社
発売元／株式会社ジーウォーク
〒153-0051 東京都目黒区上目黒1-16-8 Yファームビル6F
電話 03-6452-3118
FAX 03-6452-3110

印刷製本／中央精版印刷株式会社

ISBN978-4-86717-019-9